ALFRED CUNNINGHAM

Les Français au Tonkin

ET DANS LA

Chine Méridionale

TRADUIT PAR

Armand LE MAIRE

東
京
及
南
清
法
事
誌

HANOI

IMPRIMERIE-LIBRAIRIE CRÉBESSAC

1903

東京及南清法事誌

OUVRAGE ORNÉ

DE

52 Gravures.

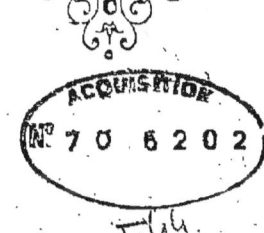

✳✳✳ Table ✳✳✳
✳✳✳ des ✳✳✳
✳✳✳ Matières

Table des Matières

KOUANG - TCHÉOU - WAN.

Situation de Kouang-Tchéou.
Motifs de son acquisition.
Une base d'opérations navales.
Les Dépenses.
Opinion de M. Doumer.
Le Commerce.
L'accès du port.
L'Établissement civil.
Les deux villes.
L'Administration.
L'Établissement militaire.
Prévisions.

ACTIVITÉ DES FRANÇAIS A HAINAN

ET AU

QUANG-TUNG.

———◆———

A Canton.
Le Consul de France.
Le Vice-Roi.
Le nouvel hôpital.
Demandes de concessions d'un
   chemin de fer et de mines.
La ligne Canton-Hankéou.
Demande d'une concession séparée.
Les Français à Macao.
A Ca-Tai.
Hoi-héou.
Pa-khoi.
Ce qui intéresse Hongkong.

HAIPHONG.

HANOI

Sa situation.
Une comparaison.
La vie à Hanoi.
Une opinion française.
Parallèle entre Hanoi et Hong-kong.
Les Hôtels. Les Monuments.
Les magasins.
Les quartiers indigènes.
Le petit lac. La citadelle.
Le Jardin botanique.
Le champ de courses.
Les jockeys annàmites.
La femme colon. Les cafés.
Les affaires.
Le tramway électrique. La gare.
Les progrès de la ville.
La Municipalité.

L'EXPOSITION DE HANOI

LES CHEMINS DE FER.

Lord Curzon.
Le premier Chemin-de-fer au Tonkin
  de Hanoi à la frontière chinoise
Le nouveau Pont.
Phu-lang-Thuong. Le paysage.
Lang-son. Dong-dang.
Voie projetée vers Wu-tchéou-fou.
Ce que coûtera la ligne.
Le programme de 1897.
La ligne Haiphong-Hanoi-Laokay.
De Hanoi à Viétri.
De Viétri à Yènbay et Laokay.
De Hanoi à Vinh.
Tourane, Hué et Quangtri.
De Saigon à Khanh-hòa et Liang-Biang.
La ligne de Yunnansen et du Szechuen.
De Quang-tchéou à la Rivière de
l'Ouest.

L'ADMINISTRATION. -- LES PROGRÈS.

VOYAGE DANS LA HAUTE-RÉGION.

————※————

GÉNÉRALITÉS.

M. Doumer.
Sa politique.
Les chemins-de-fer de pénétration en
    Chine.
Ce qui nons manque.
Opinion de M. Doumer.
L'appui de l'Etat.
Activité maritime des Français.
Les Tonkinois.
L'organisation municipale.
Le protectionnisme au Tonkin.

ERRATA

Page 32 : lire au lieu de......... De la part de son auteur.

De la part de leur auteur.

Page 34 : lire au lieu de...... la superficie de toute tenure à bail.......... etc..........

La superficie de sa tenure à bail de façon à englober toute la portion méridionale.................

ALFRED CUNNINGHAM

LES FRANÇAIS AU TONKIN

ET

DANS LA CHINE MÉRIDIONALE

TRADUIT PAR

Armand LE MAIRE

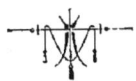

HANOI

IMPRIMERIE - LIBRAIRIE CRÉBESSAC

1903

PRÉFACE DU TRADUCTEUR

Deux choses principales m'ont frappé à la lecture du livre de M. Cunningham :

L'admiration sincère de l'auteur pour l'œuvre accomplie au Tonkin par les Français malgré des difficultés presque insurmontables, et son inquiétude non dissimulée de leur voir prendre dans les provinces du Kouang-toung et du Kouang-si une influence qui croît de jour en jour.

L'énergie et l'habileté de notre corps consulaire dans cette partie de l'Empire chinois méritent d'attirer l'attention du public français. M. Hardouin surtout qui récemment encore était consul à Canton a rendu à notre pays d'innapréciables services, et les Anglais eux-mêmes rendent hommage à sa fermeté, à sa haute valeur et à sa connaissance, parfaite des choses asiatiques.

Le dévouement de ses consuls a préparé à la France dans la Chine méridionale un splendide terrain d'opérations commerciales et elle aura bientôt pour le mettre en valeur deux auxiliaires puissants : la position parfaite du port de Kouang-tchéou appelé à drainer un jour les produits du Kouang-toung et du Kouang-si ; le réseau si bien compris des chemins de fer de pénétration qui enserrera dans ses mailles d'acier les immenses régions de la Chine méridionale et les mettra en communication directe avec les provinces de l'Indo-Chine française.

Pour accomplir les grandioses destinées commerciales qui lui sont réservées dans le Sud de la Chine la France devra mettre en pratique la formule si saisissante de M. Cunningham et « opposer ses chemins de fer aux vaisseaux de l'Angleterre. »

ARMAND LE MAIRE.

Hanoi, 1ᵉʳ janvier 1903.

INTRODUCTION

L'auteur a écrit ces pages à la suite d'une visite qu'il fit au Tonkin, muni d'un appareil photographique, au printemps de l'année 1902; elles résument aussi les observations qu'il eut l'occasion de faire en sa qualité de journaliste résidant à Hongkong.

Certains lecteurs peuvent alléguer qu'il a attaché trop d'importance aux visées ambitieuses de nos voisins qui, d'après eux, se laissent facilement influencer par des considérations d'ordre sentimental; ils peuvent également prétendre que ce livre met inutilement en relief les entreprises de M. Doumer et en exagère la portée.

La plupart des chiffres cités au cours de cet ouvrage ont été tirés des rapports de M. Doumer, les autres ont été pris à des sources dignes de foi

L'auteur saisit cette occasion pour remercier les autorités du Tonkin de la courtoisie qu'elles lui ont témoignée.

Il n'a pas cherché à raconter l'histoire passée du Tonkin ni même sa conquête ; ces sujets ont été traités avec talent dans d'autres ouvrages. Il a simplement voulu tracer une esquisse exacte de la colonie, telle qu'elle est actuellement, et comparer l'activité des Français et celle des Anglais en matière de politique et de colonisation, espérant stimuler de la sorte l'émulation de ses compatriotes.

A. C.

Hongkong, 1er août 1902.

CHAPITRE PREMIER

KOUANG - TCHÉOU.

Situation de Kouang-Tchéou. — Motifs de son acquisition. — Une base d'opérations navales. — Les Dépenses. — Opinion de M. Doumer. — Le Commerce. — L'accès du port. — L'Etablissement civil. — Les villes du Territoire. — L'Administration. — L'Etablissement militaire. — Prévisions.

Le vieux nid de pirates de Kwang-chow-wan, ou Kouang-tchéou comme l'appellent les Français, est la dernière acquisition de la France en Extrême-Orient. La Chine le lui céda en 1898 à titre de « location à bail » formule apologétique destinée à ménager à la fois la dignité du preneur et celle du bailleur.

Ce terme d'une signification très étendue a déjà largement servi en Extrême-Orient les intérêts de certaines Puissances, ces locations à bail étant en somme faites à perpétuité, à moins que la Chine ne devienne un jour assez forte pour en exiger la résiliation.

Alors que les autres nations étaient absorbées par le choix de territoires dans la Chine septentrionale, une occasion favorable se présenta à la France d'étendre son domaine dans le Sud de l'Empire.

Il est surprenant qu'elle n'ait pas alors mis la main sur l'île de Hainan, et elle a d'ailleurs regretté par la suite les modestes dimensions de sa « tenure à bail ».

La baie de Kouang-Tchéou est située à 200 milles O. S. O. du port de Hong-Kong, et la nouvelle colonie, pour employer un terme exact, couvre une superficie de 84.244 hectares (325 milles carrés) dans la province du Kouang-Toung.

Le territoire comprend 809 villages et plusieurs grandes villes où se tenaient autrefois des marchés importants; sa population est évaluée à 200.000 âmes.

Le port se développe rapidement et, avec leur libéralité habituelle, nos voisins dépensent pour l'embellir et le rendre prospère tout l'argent qu'ils peuvent obtenir du Trésor indo-chinois.

Le territoire de Kouang-Tchéou est administré depuis 1900 par le Gouvernement de l'Indo-Chine qui lui fournit les hommes et l'argent nécessaires à son développement ; ce fait est d'autant plus surprenant que l'Indo-Chine avait elle-même besoin jusqu'à présent de tous ses revenus et de tous les subsides supplémentaires qu'elle pouvait emprunter à la Métropole.

Deux motifs ont déterminé l'acquisition de Kouang-Tchéou, l'un d'intérêt général, l'autre d'ordre colonial. Envisageant le rôle que la Chine est appelée à jouer à l'avenir dans la politique asiatique, les Français désiraient trouver une solide position navale moins éloignée de la Chine que le cap Saint-Jacques et qui fût placée en avant-garde de leur colonie indo-chinoise.

Ils estiment avoir trouvé ce port de guerre à Kouang-Tchéou dont l'acquisition constitue au point de vue colonial un succès incontestable pour la politique ambitieuse du dernier Gouverneur général de l'Indo-Chine.

Des officiers de marine désignés à cet effet ont exploré à fond la colonie et ses environs, et dans un rapport qu'il a récemment fait publier. le Directeur des Travaux Publics annonçait la transformation prochaine du port en station navale militaire.

Ce fonctionnaire faisait valoir que la baie de Kouang-Tchéou semblait tout naturellement destinée à devenir le point d'appui de la flotte française en Extrême-Orient étant donné qu'elle pouvait facilement abriter dans ses eaux une escadre importante, et qu'elle avait sur une étendue de plus de dix milles une profondeur moyenne de vingt mètres.

La baie n'est accessible que par deux étroits chenals situés entre les îles de Nan-tchéou et de Tanghai, et qui sont d'une défense facile.

La présence d'un banc de sable qui en barre l'entrée nécessiterait un autre chenal de 200 mètres.

Le Directeur des Travaux publics et l'amiral Pottier, après avoir de très près étudié la question préconisèrent la construction d'un arsenal, de docks et de

quais à charbon entre Fort-Bayard et
Pointe-Nivet, et des travaux de fortifica-
tion, ainsi que des opérations de dragage.
Le projet prévoyait deux dépôts de charbon et deux docks évalués chacun à
2.000.000 de francs. Les opérations de dragage étaient estimées à 7.500.000 francs ;
l'obstacle comme on le voit est de taille.

L'arsenal est estimé à 15.000.000 de
francs, et les travaux de défense de l'artillerie à 900.000 francs.

Il est prévu en outre une somme de
2.800.000 francs pour les dépenses com-
plémentaires afférentes à ce projet. Ces
devis estimatifs ont été acceptés par le
Gouvernement de l'Indo-Chine, et il a été
décidé qu'on entamerait à bref délai les
travaux que nécessite ce vaste plan. On
télégraphiait de Londres en août 1902 que
cette question faisait l'objet d'un examen
attentif de la part du Gouvernement Français.

Kouang-Tchéou est relié télégraphique-
ment par voie de terre avec la colonie li-
mitrophe du Tonkin, et est situé à moins
d'un jour de mer des charbonnages français de Hongay d'où l'on peut tirer de
vastes approvisionnements d'excellent

charbon à mettre en réserve pour les besoins de la flotte.

En 1900-1901 l'Administration civile a
consacré à l'agrandissement du port la
somme de 800.000 francs, et les autorités
se préparent à faire dans ce sens de nouvelles dépenses importantes.

Le budget général de l'Indo-Chine pour
l'année 1902 prévoit 220.000 francs pour
l'Administration et la Police ; 100.000
francs pour les travaux du port, tels que
jetées, etc..., et 200.000 francs pour l'éclairage et les dépenses diverses.

Ecrivant sur Kouang-tchéou, peu de
temps avant son départ pour la France,
M. Doumer, Gouverneur général de l'Indo-
Chine, faisait la prédiction suivante :

« Ce port deviendra un de nos grands
établissements navals » ; et en parlant au
point de vue commercial il ajoutait :

« Nous pouvons également lui prédire
« un brillant avenir comme port de com-
« merce, car, grâce aux voies de pénétra-
« tion projetées vers l'intérieur du Kouang-
« Toung, du Kouang-si et le bassin du Si-
« Kiang il draînera les produits d'une ré-
« gion immense qu'il inondera en retour
« de marchandises importées.»

Les exportations de Quang-Tchéou pour le premier trimestre de 1901 se montaient à 195.476 piastres et les importations pendant la même période à 256.543 piastres. Parmi les principaux produits importés les allumettes figuraient pour 31, 752 piastres, les cotons filés pour 86, 080 piastres, les pétroles pour 64.650 piastres.

En tête des produits exportés les allumettes venaient avec 10.503 piastres, les cotonnades avec 13.520 piastres, et les mélasses avec 22.646 piastres.

On remarquera que deux de ces produits subissaient une réexportation.

Ces chiffres d'exportation ne comprennent pas l'opium que l'on sait pertinemment avoir été importé dans la colonie en très grande quantité et passé en contrebande par dessus la frontière, fait qui nécessitera de la part des Douanes maritimes impériales chinoises l'établissement d'un cordon de postes encerclant la colonie.

Si l'on considère les dépenses déjà faites et celles qu'on estime devoir faire par la suite pour le port de Quang-Tchéou, et si l'on tient compte que la population civile européenne se composait à l'époque de notre visite de deux garde magasins et de quelques fonctionnaires, il faut reconnaître qu'on subvient d'une façon libérale aux besoins de la colonie naissante.

Il est à souhaiter que de tels sacrifices reçoivent la récompense qu'ils méritent, et que le marché de Kouang-Tchéou réussisse à draîner les produits des deux Kouangs; mais il faudra du temps pour arriver à ce résultat et les capitaux engagés risquent de rester longtemps improductifs.

A en juger par le rapport présenté par l'amiral Pottier et le Directeur des Travaux Publics, l'importance future de ce port compensera les dépenses considérables que comporte son organisation.

Cette opinion a d'ailleurs été depuis longtemps confirmée par les autorités militaires du Tonkin, qui préfèrent Kouang-Tchéou à Hongay pour l'installation d'un port de guerre au nord de l'Indo-Chine. La Russie, l'Allemagne et la Grande-Bretagne s'étant assuré des bases d'opération dans les eaux chinoises on comprendra aisément que les Français désirent s'y ménager une position analogue. Lorsqu'on a franchi les passes qui sont étroites et d'une défense facile, la baie s'élargit et atteint à certains endroits jusqu'à six milles d'une rive à l'autre. Dans le chenal il faut louvoyer et les navires sont obligés de changer fréquemment leur direction, jusqu'à ce qu'ils aient atteint Fort-Bayard ; l'Etablissement civil, situé à treize milles environ de l'embouchure du fleuve. Les brouillards qui sont fréquents dans ces parages nous obligèrent à stopper un jour entier à l'entrée de la baie.

Le périmètre du port est nettement déterminé par un ensemble de bouées et de signaux échelonnés le long de la côte, ainsi que par d'autre points de repère naturels très visibles, entre autres une haute colline située sur la rive gauche à l'entrée du chenal.

Le terrain sur lequel ont été installés les deux Etablissements est plat, mais il s'élève progressivement à l'arrière plan et forme une chaîne de petites collines; la campagne environnante est fertile et bien cultivée. La formation géologique du pays est carbonifère et on compte y trouver en quantité des minéraux et du charbon.

L'Etablissement civil ou port de Commerce a été tracé d'une façon parfaite: on a percé de larges avenues plantées d'arbres, la ville a été dotée d'un système d'irrigation et des emplacements ont été réservés

pour l'installation ultérieure de jardins publics et de vastes espaces découverts. L'ingénieur a eu pour but de créer une ville
attrayante et saine.

Le Gouvernement met chaque jour en
vente des lots de terrains de construction
qui sont adjugés au plus fort enchérisseur.

La façon dont il a primitivement obtenu
leur propriété est quelque peu nébuleuse
mais, à l'inverse de ce qu'ont fait les Anglais pour le Nouveau Territoire à Hong-
kong, les autorités n'ont pas perdu plusieurs années à déchiffrer des titres anciens
et douteux. Elles ont fait édifier une Résidence pour l'Administrateur ainsi que
plusieurs autres bâtiments publics, un bureau des Postes et Télégraphes et un Com-
missariat de police, tandis qu'une maison
chinoise de quelque prétention architectu-
rale se pare orgueilleusement d'un drapeau français de vastes dimensions et du
titre d'Ecole libre pour les indigènes.

On voit flotter partout, ainsi qu'au Tonkin,
le drapeau tricolore et il est peu probable
que les indigènes oublient jamais son aspect et ses couleurs. De nombreuses constructions privées, principalement de petites
villas fort bien comprises, étaient en voie

de construction ; chacune de ces maisons
était séparée des autres et parfaitement in-
dépendante. Les terrains abondent, ils sont
bon marché, et contrairement à la méthode
suivie par les Anglais à Hongkong, l'Administration a placé au-dessus de tout,

Un marché.

dans le travail de démarcation de la ville,
l'observation des règles de l'hygiène moderne, se conformant scrupuleusement
aux exigences d'une ville appelée à possé-
der un jour une population indigène et
européenne considérable. Il est peu probable toutefois que Kouang-Tchéou ait jamais

2.

à souffrir des inconvénients que comporte
une population trop nombreuse. Au moment de notre visite on attendait encore

Une route dans l'Etablissement militaire.

l'afflux de la population chinoise vers l'Etablissement civil, car à l'exception de quelques ouvriers amenés du Tonkin pour
construire les maisons, de quelques hommes employés au marché et des prisonniers

travaillant, la cangue au cou, au percement
des routes, on n'apercevait dans la ville aucun chinois.

Les fonctionnaires ne semblaient cependant pas se préoccuper outre mesure de
leur absence. On perçait une belle et large
route reliant le port à Potcou, ville mar-
chande assez importante, et on avait déjà
atteint le vingtième kilomètre.

La rivière Ma-Tchéou qui se jette dans
la baie est navigable jusqu'à Mon-Tao.

Le principal centre commercial du Territoire est Tché-Kam, situé environ à une
heure et demie de jonque en remontant la
rivière. C'était autrefois une ville de grande importance dont le trafic était plus considérable que celui de Hoi-héou, mais le
temps de sa prospérité est passé bien que
les Français espèrent le voir renaître un
jour. Huiloc est également un marché très
actif avec une population de 30.000 habitants, et est situé à 40 milles à l'Est de
Fort-Bayard.

La colonie est placée sous la direction d'un
Administrateur principal, et de quatre administrateurs adjoints : l'opinion de M.
Doumer est « que leur tâche semble devoir
« être intéressante et utile car c'est la pre-

« mière opportunité qui se présente à la
« France de gouverner une population
« chinoise, et les habitants de Quang-
« Tchéou sont réputés agressifs et très
« turbulents ».

L'administration des fonctionnaires français est facilitée par l'existence de communes rurales ; chaque commune se
compose de plusieurs villages nommant
chacun un conseil de vieillards appelé
« Konghu ».

Ce conseil assure l'ordre dans la commune, perçoit ou remet les impôts et dispose
de la part qui lui est allouée sur le revenu de
la commune pour l'entretien ou le percement des routes, la conservation des pagodes et les frais des cérémonies publiques.
L'administrateur principal nous déclara
que les impôts actuellement payés par les
chinois étaient moins lourds que ceux qu'ils
payaient jadis à leurs mandarins. Les administrateurs sont en relations constantes
avec le « Konghu » chaque fonctionnaire
étant chargé d'un district spécial et résidant dans la principale ville de l'endroit.

Ces fonctionnaires conseillent le « Konghu » en ce qui concerne l'hygiène publique

ou autres questions d'intérêt local, et ce
système a donné, parait-il. d'excellents résultats.

On a employé toutefois d'autres moyens
que la persuasion pour atteindre un but
si désirable.

Une garde indigène a été recrutée sur
place pour faire la police du Territoire et
les autorités sont très satisfaites des résultats obtenus. L'expérience a démontré que
l'agent de police indigène enrôlé dans le
pays même est discipliné et manœuvre
bien. Les hommes sont correctement vêtus
d'uniformes bleus ornés sur le plastron de
caractères rouges; ils portent des chapeaux chinois de forme plate et des bottes
imperméables. Ils sont armés d'une carabine avec baïonnette et on compte un
soldat français pour chaque groupe de
vingt-cinq soldats indigènes.

Bien qu'agréablement surpris en débarquant à l'Etablissement civil par les résultats obtenus en si peu de temps, notre impression ne fut pas aussi vive que celle qui
résulta de notre visite à l'Etablissement
militaire situé sur l'autre rive du fleuve.
Nous avions vu dans le premier de nombreuses maisons de belles proportions

servant de résidences officielles ou de
bureaux et entourées de diverses autres
habitations; une importante prison était
en voie de construction dans le voisinage
immédiat d'un attrayant petit marché.
Mais qu'importent à l'homme d'affaires
ces manifestations fondamentales de la
civilisation. Ce qui frappe dès l'arrivée à
Kouaug-Tchéou c'est l'absence de la population; or, on sait qu'avec les Chinois, la
population est l'indice de la prospérité et
de la confiance. Kouang-Tchéou n'est certainement d'aucun rapport pour le moment et semble une tranquille petite ville
de bains-de-mer. On pourrait fort bien y
construire un sanatorium pour la marine
et les habitants de l'Indo-Chine, au lieu de
l'installer à Macao comme on a l'intention
de le faire.

Dans l'attente des affaires futures, les
Français avaient toutefois commencé la
construction de quais spacieux et avaient
décidé l'installation d'un tramway à vapeur faisant le retour de l'Etablissement,
avec une gare terminus située dans l'intérieur du pays et dans le genre de celle du
fameux chemin de fer de la colonie anglaise de Nord-Bornéo. Tout était mis en

œuvré par un gouvernement paternel pour assurer le bien être de la population tant française qu'indigène. Les méthodes françaises de colonisation en Indo-Chine diffèrent certainement des nôtres. Alors que les Français commencent par bâtir des

Un « bungalow. »

édifices publics et installer toutes les commodités qui peuvent provoquer l'afflux de la population et son établissement définitif, nous attendons depuis plus de soixante ans à Hongkong des constructions municipales, et notre Gouvernement a pour principe de ne rien faire tant qu'il n'y est pas contraint par la force des choses.

Dans les colonies françaises c'est le Gouvernement qui fait presque tout ; dans

les colonies anglaises le soin du développement local, en dehors de certaines limites étroites et nettement déterminées, est
magnanimement laissé au public, et la
plupart des réformes n'ont été accomplies
qu'à la suite de violentes protestations de
sa part. Lorsque nous eûmes traversé la
rivière en sampan les coolies nous portè-
rent par dessus des amas de boue jusqu'à
une jetée minuscule et nous débarquèrent
sur la rive de l'Établissement militaire.—

Débarquement sur le Territoire militaire.

Les bateliers et les coolies n'égalaient pas
encore en filouterie leurs confrères de
Hongkong et se contentaient d'une rému-

nération de dix cents pour effectuer cette
opération du débarquement; mais ils se
gâteront certainement lorsque le nombre
croissant des étrangers leur permettra de
pratiquer sur une plus grande échelle
l'exploitation du client. L'Etablissement
militaire avait une apparence de beaucoup
plus encourageante que l'Etablissement
civil et une saine allure d'énergie et de
mouvement commercial qui survivra sans
aucun doute à l'occupation militaire à laquelle il doit son origine. On avait percé
dans différentes directions de larges avenues, et de nombreux cafés et magasins en
briques et à un étage faisaient avec la garnison des affaires florissantes.

Dans une petite rue située près de la
rivière et bordée de chaque côté par des
maisons chinoises était installé un marché
en plein air où les indigènes vendaient des
provisions fraîches apportées de la campagne environnante. Les officiers toutefois
n'avaient pas besoin de recourir aux fournisseurs indigènes, leur maisons étant
entourées de magnifiques potagers.

Le principal bâtiment de la ville est la
caserne des troupes françaises ; l'infanterie
annamite habite des baraquements en tor-

chis laissés vacants par les chinois. Il est
difficile de concevoir que des travaux de
cette importance aient pu être exécutés
en six mois par la poignée de soldats qui
occupent la place et en reculent chaque
jour les limites. L'Etablissement militaire
a été entièrement construit par la main
d'œuvre militaire et sous la direction des
officiers. Le commandant de la place
était alors le capitaine Lancray, un officier
de haute valeur, élève de la fameuse Ecole
Polytechnique. Il appartenait au corps de

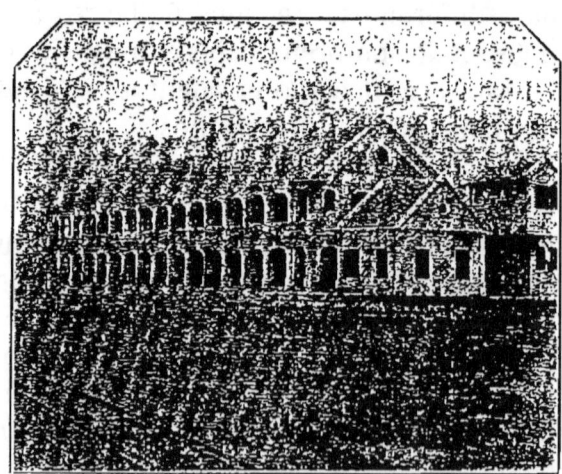

L'hôpital militaire.

l'artillerie et son principal collaborateur
était le capitaine Camy, également de

l'artillerie coloniale Grâce à l'entraîne-
ment si complet auquel sont astreints les
officiers français, à quelque arme qu'ils
appartiennent, le capitaine se montrait
aussi bon ingénieur qu'artilleur accompli.
L'observateur anglais constate avec sur-
prise qu'un officier d'artillerie ait pu
établir les plans de casernes qui sont considérées par les Français comme les plus
belles de l'Indo-Chine, édifier l'Etablissement militaire tout entier d'après les
règles de l'hygiène moderne, et forer des
puits nombreux qui fournissent l'eau en
abondance pendant les années de sèche-
resse.

Devant nous se dressaient les casernes,
trois solides bâtiments parallèles en brique,
hauts de deux étages, avec des toits élevés
et semblables aux casernes espagnoles des
Philippines.

Un vaste champ de manœuvres séparait
les bâtiments entre eux et à la droite du
troisième s'élevait un spacieux hôpital. Le
Capitaine Camy avait commencé la construction d'une caserne pour son arme, l'artillerie, et bien qu'il m'ait dit qu'elle devait
seulement recevoir une batterie d'artillerie
de montagne je crois, à en juger par les

dimensions du terrain. qu'il préparait la place à des contingents futurs ; ou bien alors il voulait installer très confortablement sa propre batterie. On construira pour les Annamites des casernements analogues.

On apercevait de toutes parts de nombreuses villas fort bien construites et les soldats étaient occupés à bâtir un imposant édifice que nous prîmes tout d'abord pour l'hôtel-de-ville mais qui était en réalité la Résidence destinée au nouvel Administrateur. Sur la route principale une église était en voie de construction, sous la direction d'un missionnaire, ce qui prouve que les Anglais ne sont pas seuls dans leur hâte à construire des temples partout où ils s'installent. L'église était presque terminée et le toit en forme de voûte était habilement construit avec des bambous tressés. A côté de l'église se dressait une curieuse casemate en ciment percée de meurtrières où les pères militants abritaient autrefois leurs ouailles indigènes contre la furie de leurs bourreaux. De sanglantes batailles se sont livrées autour de ce refuge et le sol sur lequel s'élève la nouvelle église fut imprégné du sang des martyrs et de celui de leurs persécuteurs — principalement de ce dernier si l'on en croit la légende.

La nouvelle église.

Nous reçûmes la plus aimable des hospitalités au « mess » du commandant et les officiers réunis à sa table étaient certainement tous des vétérans. Les récits d'Afrique, d'Algérie et de Madagascar abondaient ainsi que les vins, et il était plus de minuit lorsque les officiers nous escortèrent jusqu'à la jetée à la lueur incertaine et vacillante des flambeaux.

L'Etablissement militaire présentait un grand air d'activité dû sans doute à la

présence de nombreux Chinois vendant
leurs marchandises sur la place du marché
et aux allées et venues des soldats français
et annamites employés aux constructions.
Il y aura plus tard un mouvement d'affaires
important dans cette localité, car là où
des Chinois gagnent de l'argent, d'autres
Chinois ne tarderont pas à suivre. L'avenir
de Kouang-Tchéou dépend en grande partie de sa transformation en station navale.

L'ancienne église.

projet qu'on peut d'ailleurs considérer dès
maintenant comme définitivement adopté-
L'argent dépensé pour les travaux de for-
tification, pour la garnison et la marine

contribuera alors au développement de la
ville et, lorsque la confiance sera revenue
parmi les indigènes, il n'y a pas de raisons
pour qu'elle ne devienne pas un port de
commerce florissant. Il existe sur le seul
territoire français de Kouang-Tchéou
200.000 habitants qui attendent de pouvoir
s'alimenter de produits européens, et les
fils anglais, les bijouteries allemandes et
les savons français qui se vendent au
Tonkin à des prix inabordables trouveraient un marché dans la nouvelle colonie
surtout si les Français ont la sagesse de
lui conserver sa qualité de port libre.

Tout le transit se ferait alors par Kouang-
Tchéou au détriment de Pakhoi.

L'auteur n'a pas une confiance aussi illi-
mitée que M. Doumer dans l'avenir de
Kouang-Tchéou mais cela tient peut-être à
ce qu'il n'est pas « homme d'état » comme
lui. La dernière opinion de M. Doumer à
ce sujet était que « l'absence de douanes
« à Kouang-Tchéou, l'entière liberté lais-
« sée aux bâtiments de commerce qui
« n'auront ni droit à payer, ni formalités à
« remplir, tendent à en faire bientôt un
« des principaux entrepôts de l'Extrême-
« Orient. » Ces paroles impliquent de la

part de son auteur un manque de confiance dans la politique protectionniste pra-
tiquée en Indo-Chine, et une confiance enthousiaste dans les chances de succès
d'un port franc.

Ce qu'il y a de certain c'est que Kouang-
Tchéou ne peut se développer commercialement que si on en fait un port franc
car les chinois de l'intérieur sur qui semble compter M. Doumer pour développer
le commerce et la prospérité de la colonie naissante ne viendront pas sans cela
chercher sur ce marché les produits qu'ils
trouvent à meilleur compte à la frontière
du territoire de Hongkong.

Le principal espoir de prospérité que possède Kouang-Tchéou est basé sur sa transformation en station navale de première
classe, et nous abordons alors une autre
question, à savoir si la création d'un port
de ce genre ne deviendrait pas une sérieuse
menace pour notre colonie de Hong-kong.

CHAPITRE II

Activité Française à Hainan et au Quang-Tung.

A Canton. — Le Consul de France. — Le Vice-Roi. — Le nouvel hôpital. — Réclamation de concessions spéciales, de chemins de fer et de mines. — La ligne Canton-Hankéou. Les Français demandent une concession à part. — Les Francais à Macao. — A Ca-Tai. — Ce que pensent les Portugais. — Opinion des Français. — Haichéou. — Pakhoi. — Ce qui intéresse Hongkong.

La presse de Hongkong fait souvent allusion à l'activité déployée par les Français à Haïnan et dans le Sud-Est du Kouang-Tung, mais le négociant anglais y prête peu d'attention, les affaires qu'il traite avec ces contrées se faisant indirectement de Hongkong par l'intermédiaire de commerçants indigènes.

Les seuls anglais qui y résident sont des missionnaires ou des fonctionnaires des Douanes Maritimes Impériales Chinoises.

3

Les intérêts commerciaux des Français y sont moins importants encore, ce qui ne les empêche pas de dépenser dans le pays des sommes importantes, et celà dans un but évidemment politique. Il est impossible d'admettre que ces dépenses sont faites dans un but purement philanthropique, les Français ne professant pas pour les Chinois un amour aussi immodéré.

La plupart des nations laissent d'ailleurs généralement le soin d'appliquer les bienfaits de ce genre aux missionnaires qui peuvent consacrer à cette tâche le temps, l'argent et la dose de charité nécessaires.

Un coup d'œil jeté sur la carte montrera que la France ayant pris « à bail » le port de Kouang-Tchéou, sur la côte Est de la presqu'île de Hien-tchéou, peut être très désireuse d'étendre la superficie de toute « tenure à bail » de façon à englober sa portion méridionale du Kouang-Toung ainsi que l'île de Haïnan.

Lorsque des navires de guerre allemends vinrent croiser en 1901 dans les parages de Haïnan les Français manifestèrent un curieux état de surexcitation et

voulurent savoir dans quel but les Allemands venaient rôder autour d'un territoire situé dans la zône française.

Ils dépêchèrent immédiatement un croi-
seur pour veiller à ce qu'il ne fût pas porté atteinte aux droits territoriaux de la
Chine! La prise de possession de Haïnan
par l'Allemagne créerait en effet à la France une situation véritablement intolérable.

Bien que les Français dépensent dans ce
but généreusement et sans ostentation
beaucoup d'argent, ayant de sérieuses
raisons pour le faire, ils n'en ont pas moins
des visées ambitieuses dans d'autres parties du Kouang-Toung situées dans la sphère
des intérêts anglais. Ces foyers de l'activité française dans la Chine méridionale
sont désagréablement proches du territoire anglais et, placés sous l'influence d'a-
gents consulaires français habiles et ambitieux leur voisinage peut devenir dangereux pour les intérêts commerciaux et
politiques de l'Angleterre. A Canton,
l'entrepôt commerciale de la Chine méridionale et le principal marché pour les
produits venant de Hongkong les Français
font preuve d'une grande activité. Sous la
direction d'un de leurs consuls les plus

capables, M. C. Hardouin, leurs intérèts politiques et commerciaux sont soutenus d'une façon vigoureuse et intelligente.

Ce fonctionnaire qui est né à Pénang a servi au Siam et connaît à fond les Chinois et les autres races asiatiques. Il arriva à Canton à une époque où les intérèts de l'Angleterre étaient représentés d'une façon aussi peu satisfaisante que possible.

S'il n'a pas obtenu tout le succès qu'il espèrait, il faut en chercher la cause dans certaines méthodes arbitraires qu'il a mises en pratique dans ses rapports avec les Cantonnais, dans l'énergie et la capacité de notre consul général actuel et aussi dans ce fait que Son Excellence le Vice-Roi Cao-Mau était un fonctionnaire âgé, peu partisan d'une politique d'action, et avait une prédilection marquée pour les Anglais parce que lui et sa famille avait trouvé un refuge au consulat d'Angleterre de Shanghaï pendant la révolte de Taipings.

On a installé à Canton depuis l'arrivée de M. Hardouin une école libre où les indigènes peuvent apprendre le français, un hôpital où l'on soigne les malades et les indigents, et aussi un bureau de poste qui

déploie la plus grande activité. Des boîtes
aux lettres ont été placées dans toute l'é-
tendue de la ville indigène à la grande
indignation des Postes Impériales chinoises. Les intérêts commerciaux se sont
développés, une succursale de la banque
de l'Indo-Chine a été ouverte et le pavillon
français est arboré par de nombreux petits
bâtiments indigènes et européens. Quelques personnes ont une tendance à parler
en plaisantant de ces marques d'activité et
beaucoup d'autres mettent en doute leur
utilité. Ce sont pourtant là des expériences
dont les résultats devraient intéresser les
Anglais, car si les jeunes gens chinois destinés à devenir plus tard des fonctionnaires ou des négociants sont élevés dans des
écoles soumises à l'influence française il
est évident que par la suite ils sympathi-
seront toujours beaucoup avec les Français. Comme institutions purement phi-
lanthropiques les hôpitaux et les écoles
seraient les bienvenus, à quelque nationalité qu'ils appartiennent, mais on ne peut
raisonnablement les considérer comme
tels.

Un nouvel hôpital aménagé pour quatre-
vingts lits sera prochainement élevé sur le

territoire chinois ; le terrain a été donné
par le « hoppo » ou commissaire des douanes indigènes et on dit que le consul de
France a recueilli dans ce but 90.000 piastres environ parmi les Chinois de Pénang
et de Bangkok dont la plupart sont sujets
anglais. Personne ne désire voir restrein-
dre l'assistance médicale donnée aux Chinois, mais lorsqu'on se rend compte de
l'heureux effet que produiront sur leur
esprit des institutions de ce genre on songe
tout naturellement que les Anglais auraient dû provoquer également des sous-
criptions pour l'érection d'un établissement
analogue. Les Français construisent aussi,
en outre des deux petits vapeurs subventionnés qui font actuellement le service,
deux grands bateaux de rivière pour le
transport des passagers de Canton à Hong-
kong et qui, d'après eux, seront supérieurs comme tonnage et comme installation aux bâtiments de la ligne anglaise.
Ces vapeurs seront vraisemblablement
subventionnés par le Gouvernement français.

L'activité des Français se manifeste également dans d'autres branches. Ils se sont
efforcés depuis quelque temps, heureuse-

ment sans succès, d'obtenir des conces-
sionaires chinois de la ligne Hankéou-
Canton un intérêt dans cette affaire ; ils
ont également cherché des concessions de
mines et de chemins de fer dans le Kouang-
Tung et le Kouangsi, et ils cherchèrent
même à intimider les Chinois en déclarant
que le Gouvernement Impérial avait accordé aux Français le privilège exclusif de
l'exploitation des mines et des chemins de
fer de ces deux provinces et particulièrement de la ligne allant de Canton à Wu-
tchéou, Nanning et Hong-Tchéou ! S'il en
était ainsi, objectaient les Chinois, pourquoi les Français ne traitaient-ils pas directement avec le Gouvernement de Pékin ?

L'existence de concessions de ce genre sur
prendra probablement bien des gens, mais
on pense généralement que feu Li-hung-
Tchang, lorsqu'il était vice-roi de Canton,
conclut avec les Français avant de quitter
le pouvoir, quelques arrangements par-
ticuliers de cette nature ; c'était un dernier
coup porté en guise d'adieu à l'adresse de
l'Angleterre.

Les travaux de la ligne Canton-Hankéou
ont été commencés, mais avec des capitaux anglais, américains et chinois.

Une grande inquiétude régnait dernièrement dans les cercles officiels à la nouvelle que les Français avaient demandé au Vice-Roi la concession d'un terrain spécial pour y installer un établissement français séparé. Jusqu'à ce jour le Shameen, territoire international où tous les négociants étrangers traitent leurs affaires, a largement suffi à cet usage. Les autorités françaises firent même observer à Pékin que le Vice-Roi leur avait formellement promis ce terrain, et la dite communication eut pour résultat de faire sévèrement réprimander le Vice-Roi actuel qui en fut si affecté qu'il tomba gravement malade. Or on découvrit par la suite que le Vice-Roi qui avait fait cette promesse n'était autre que feu Li-Hung-Tchang, mais il avait omis de signer le document. Grâce à la façon dont les autres Consuls prirent cette affaire, le territoire en question, s'il est accordé, le sera pour l'établissement d'une concession internationale. Pour le moment le corps consulaire considère le Shameen comme répondant amplement à tous les besoins.

L'influence française s'est aussi fait sentir d'une façon très apparente à Macao,

c'est-à-dire beaucoup trop près de Hong-
kong pour y être tolérée : la distance entre ces deux villes n'est en effet
que de quarante milles.

Le bruit courut il y a quelques mois que
le Gouvernement de l'Indo-Chine s'effor-
çait d'acquérir l'hôtel bien connu de Boa-
Vista et était disposé à le payer un prix
qui dépassait de beaucoup sa valeur ; il
déclarait en avoir besoin pour l'installation
d'un sanatorium pour la marine, Les Français entamaient en même temps des négociations pour l'achat d'une petite île située
en face de Macao et sur laquelle ils voulaient faire passer un câble sous-marin
relié avec l'Indo-Chine. Ce câble devait
aboutir au sanatorium de Boa-Vista et,
avec l'autorisation des Chinois et des Portugais des lignes télégraphiques traversant
les territoires portugais et chinois auraient
relié le sanatorium avec Canton. Les Portugais avaient donné leur consentement
mais l'affaire s'ébruita, le Gouvernement
de Hongkong intervint, si bien qu'on en
référa à Lisbonne et que les Français dû-
rent se retirer. Le Gouvernement portugais avait payé au propriétaire de Boa-
Vista le prix convenu de 80.000 piastres et

il revendit plus tard cette propriété à une Société locale de loteries de bienfaisance connue sous le nom de « Santa Casa da Misericordia de Macau ».

Les Portugais usèrent dans les deux cas de leur droit légal d'expropriation et empêchèrent ainsi tout transfert ultérieur.

Ce contre-temps ne découragea cependant pas les Français qui firent d'autres tentatives, et en avril 1902 des agents français négociaient de nouveau un achat de terrain à Macao et le Gouvernement portugais intervenait une seconde fois.

Un mois plus tard la succursale à Hong-kong de la Mission étrangère de Paris parvint à acheter un terrain sur le promontoire de Ca-taï, situé en face des Neuf Iles, à quelques milles de Macao. Un autre terrain qui fut acheté à peu près à la même époque le fut probablement par des sujets français, car on trouva sur le territoire compris dans la sphère des Douanes Maritimes Impériales Chinoises des bornes de délimitation que le Commissaire des Douanes fit de suite enlever sans que cette action ait jamais été relevée.

Les missionnaires achetèrent ce terrain
dans le but d'y installer un sanatorium,
bien qu'ils possèdent déjà un établissement
similaire à Pokfulum, dans Hongkong
même. Considérant que les agents du Gouvernement français avaient déjà fait deux
tentatives pour l'achat d'un sanatorium à
Macao, transaction que les autorités por-
tugaises avaient empêchée d'aboutir, cette
nouvelle initiative des missionnaires fut
tout naturellement considérée comme faisant suite aux négociations qui avaient été
précédemment entamées dans ce but.

Le Gouvernement portugais de Macao
part de ce principe qu'il ne s'oppose pas à
ce qu'un individu, de quelque nationalité
qu'il soit, achète un terrain dans les limites
de la colonie, soit dans un but commercial, soit pour y fixer sa résidence, mais
qu'il n'a pas qualité pour autoriser un Gouvernement étranger à y acquérir des terrains dans un but officiel. Il considère
qu'une demande de ce genre devait être
adressée directement à Lisbonne et que les
Français ont agi d'une façon très étrange
en n'adoptant pas cette ligne de conduite ;
il estime qu'ils ont également manqué d'é-

gards pour le Gouvernement portugais en persistant à vouloir acquérir à titre privé des terrains dont la possession devait faciliter l'accomplissement d'un plan officiel, alors surtout que le Gouvernement de Lisbonne avait formellement notifié qu'il ne pouvait sanctioner des ventes de ce genre. La question de l'achat de Ca-taï par les missionnaires français sera très probablement transportée sur le terrain écclésiastique, car les missionnaires portugais qui avec l'autorisation du Pape exercent la juridiction religieuse à Macao, Heung-Shan et dans cette partie de la province du Kouang-Toung, considèrent que les missionnaires français n'ont pas le droit de prendre pied dans la sphère d'opération des Portugais sans le consentement de l'évèque de Macao. Le Gouvernement portugais de Macao voit d'un mauvais œil l'achat de Ca-taï qui est situé dans le voisinage immédiat de la frontière de son territoire.

Les Français de leur côté considèrent qu'ils ont le droit d'installer à Macao un sanatorium pour leurs marins et les fonctionnaires de l'Indo-Chine. Ils envoyaient

autrefois leurs malades au Japon, au sanatorium du docteur Mecre, mais ce mode
de procéder entrainait des dépenses considérables et M. Doumer estima qu'il serait
moins coûteux et plus satisfaisant à tous les
points de vue d'établir à Macao un établissement de ce genre. Les Français reconnaissent aux missionnaires portugais le
droit de juridiction sur Macao, Heung-Shan
et Haïnan, mais ils contestent que l'acquisition d'un sanatorium constitue une in-
fraction aux instructions pontificales. Ils
reconnaissent que des officiers français
exerçant des commandements à Kouang-
Tchéou ont visité les environs de Macao
connus sous le nom de Ych-Di mais pré-
tendent que leur visite était un simple
voyage de plaisir.

Cette activité de leurs fonctionnaires
peut sembler aux Français très louable et
très légitime, et les Anglais ne songe-
raient pas à intervenir si ces efforts n'é-
taient pas tentés dans le voisinage immédiat d'un territoire britannique. Les Français ont éprouvé assez d'irritation quand les
Allemands sont venus inspecter l'île de
Haïnan pour comprendre que les Anglais

s'opposent également à l'acquisition par la
France d'un terrain situé sur la lisière de
leur territoire et appartenant déjà à une
autre puissance amie.

Bien que les Anglais ne revendiquent
pas le monopole d'un mouvement commercial qu'ils ont peut être plus que toute
autre nation contribué à développer et
qu'ils préfèrent dans leurs transactions
avec les Chinois un affranchissement

Jonque de guerre.

absolu de toute contrainte officielle, chinoise ou européenne, ils s'irritent de voir
des consuls étrangers user de leur influence pour encourager les intérêts des Célestes
au détriment de ceux des Européens.

Il est notoire que les Consuls français n'hésitent pas, quand cela est nécessaire, à appuyer près des Chinois d'une façon tout à fait arbitraire, les réclamations de leurs nationaux, ils sont secondés en pareils cas par l'appui, l'expérience et l'influence considérable des missionnaires catholiques. Les Français ont su se faire craindre des Chinois. Au point de vue commercial, les négociants anglais courent volontiers la chance, et les commandes des consommateurs chinois devraient pouvoir être passées librement aux fournisseurs qui peuvent donner au plus bas prix les meilleurs marchandises, sans distinction de nationalité.

A Hoihéou, dans l'île de Haïnan, les Français sont tout à fait chez eux. Immédiatement en face de la cité indigène et sur la rive opposée du fleuve s'élève le consulat de France, la plus importante construction européenne de l'endroit, édifiée par Kaw-Hong-Tat, un Chinois des Etablissements du Détroit qui a été chargé de l'installation de tous les bâtiments étrangers de Hoihéou. Des plans ont été élaborés au Tonkin pour l'érection d'un Bureau de Postes et d'un

hôpital français. Une école française libre
existe depuis 1899 et on va en construire
une nouvelle ; les Français fournissent en
outre aux Chinois qui le désirent des mé-
dicaments et des secours médicaux gratuits. Les commerçants du pays ont beaucoup à souffrir de la piraterie qui entrave
nécessairement les transactions ; les Français viennent en conséquence de subven-
tionner un service de vapeurs qui convoye-
ra les marchandises jusqu'aux villes avoisinantes. M. A. R. Marty inaugurera ce
service.

La valeur nette des transactions commerciales de Hoïhéou pour l'année 1901
était de 4429.866 taëls, contre taëls 3753.233
en 1900.

Le nombre des vapeurs français qui sont
entrés dans le port ou l'ont quitté en
1900 a été de 556 avec un tonnage de
336.078 ; les Allemands viennent ensuite
avec 266 navires jaugeant 190.562 tonneaux. La supériorité des Français est due
à ce fait que la plupart de leurs vaisseaux
appartiennent à la ligne régulière de M.
A. R. Marty qui est subventionnée par le
Gouvernement français pour transporter

la malle-poste et les marchandises du
Tonkin à Quang-Tchéou et aux autres
ports de la Chine. Il est satisfaisant pour
nous de noter que la valeur totale des
exportations sur Hongkong en 1900 s'est
élevée à 1.595.823 taëls contre 19.599 taëls
pour l'exportation sur l'Indo-Chine française. Hoihéou recevait la même année de
Hongkong et de Macao 23.613 taëls en dollars d'argent et seulement 1.000 taëls de
l'Indo-Chine française, et exportait à Hong-
kong, 343.273 taëls en dollars.

La population de la ville de Hoihéou et
de la cité adjacente de Kieng-Tchéou, capitale de Haïnan, est estimée à 35.000 habitants dont 60 Européens environ. Il n'y
a pas encore de concession étrangère spéciale mais la plupart des maisons européennes sont groupées dans le voisinage
du consulat d'Angleterre qui se transfor-
mera tôt ou tard en quartier européen.
L'intérieur de l'île de Hainan n'a pas été
exploré à fond bien que les différentes
missions y aient installé des succursales.

A quelques heures de bateau de Hoi-
héou se trouve le port à traité de Pakhoi
situé sur la côte du Kouang-Toung et qui
sert de débouché à l'importante ville de

4.

Lieu-Tchéou. Ce port était autrefois un excellent marché pour la vente au détail des produits européens, mais l'ouverture de la rivière de l'Ouest en a détourné le com-

Chariots à bœufs — Environs de Pakhoi.

merce. La valeur du commerce étranger de ce port en 1900 était de Taëls 3,870,466. Les importations de Hongkong se montaient à Taëls 2,029,053 et celles de l'Indo-Chine française à Taëls 13.867. Les exportations sur Hongkong et Singapore s'élevaient à Taëls 1,793.903, chiffre qui représente la totalité de l'exportation étrangère. Le numéraire étranger importé de Honkong et de Macao se montait à Taëls 56,477 et le numéraire exporté à Taëls 524,514. Les entrées de vaisseaux, d'après les déclarations

de la douane, atteignaient le chiffre de 222,
jaugeant 126,210 tonneaux dont 73 %. pour
la marine française.

L'établissement européen est situé sur
une hauteur et un assez grand nombre de
villas bien bâties entourées de vastes
jardins constituent le quartier des résidences étrangères.

Les consulats d'Angleterre et de France
sont des bâtiment bien en vue, et les missionnaires possèdent quelques belles maisons. La « Church Missionary Society »
est propriétaire d'une lèproserie et d'un
hôpital disposant d'un grand nombre de
lits. Les Français ont acheté un terrain
avoisinant leur consulat et ont bâti une
école gratuite très commode, un bureau de
postes et un hôpital avec habitation pour le
médecin directeur. Ils vont également ouvrir un hôpital de 40 lits dans la ville de
Lieu-Tchéou. L'école et l'hôpital sont ouverts à tous venants. et de même que dans
les autres ports à traité de la Chine méridionale un médecin de la marine ou un médecin militaire français est attaché au
port et soigne gratuitement les malades
indigènes. Ces chirurgiens sont toujours
prêts à répondre à l'appel des Européens

et des Chinois et ne demandent aucune
rétribution au malade si ses moyens sont
limités.

En dehors de Pakhoï s'étend une magnifique campagne où l'on peut tout à son
aise chasser ou faire des promenades à
cheval. A l'époque de notre visite plusieurs
forts détachements de soldats la parcou-
raient en tous sens pour empêcher les pirates d'approcher de la ville.

Puisque nous parlons des pirates qui pul-
lulent dans ces parages je rapporterai une
histoire très curieuse concernant l'audace
de ces bandits et qui m'a été contée par un
négociant étranger qui avait été pillé par eux
quelques jours auparavant. Peu de temps
avant notre visite le commandant chinois
d'un fort situé sur la rivière fut officiellement avisé par lettre que son mandarin
viendrait à jour fixe inspecter ses troupes,
accompagné d'une escorte. Le commandant du fort commença aussitôt ses prépa-
ratifs de réception, fit monter et fourbir
ses canons, et au jour indiqué on vit approcher plusieurs jonques battant pavillon
du mandarin et chargées de soldats.

La garnison sortit pour recevoir ses
visiteurs conformément au règlement. Le

mandarin débarqua, entouré de ses officiers et de sa garde, et les troupes du fort
qui étaient rangées en bataille s'agenouil-
lèrent et se prosternèrent au commande-
ment, suivant la mode chinoise. Soudain,
au milieu de leurs salutations, les visiteurs
ouvrirent sur eux un feu à bout portant.

Les soldats qui n'avaient pas été tués ou
blessés prirent la clef des champs et les
pirates, car tels étaient les visiteurs, pillè-
rent le fort et partirent chargés de butin.

. Les bâtiments de haute mer de Pakhoï
sont d'une grande légèreté et ont la forme
d'une coquille d'œuf coupée en deux.

On voit que le maintien de l'intégrité de
Haïnan et de la partie sud-est du Kouang-
Toung sont d'un grand intérêt pour Hong-
kong, et bien que dans ces contrées comme
dans les autres ports de la Chine méridionale l'activité officielle des Anglais ne soit
pas si évidente que celle des fonctionnaires
français il faut espérer que les intérêts bri-
tanniques n'y seront pas négligés. L'énergie déployée par les Français, et les sommes considérables qu'ils consacrent certainement chaque année à la construction
d'hôpitaux, d'écoles gratuites et de bureaux
de postes devraient servir de stimulants

au corps consulaire anglais et l'inciter à
soutenir de tout son pouvoir les intérêts
légitimes de ses nationaux. On devrait
également prendre en considération la création d'une ligne de vapeurs français, subventionnée, et qui peut par conséquent
effectuer le transport des marchandises en
se contentant d'un bénéfice qui constituerait une perte sèche pour une compagnie
maritime de Hongkong.

L'existence de cette ligne subventionnée
aura pour résultat la disparition graduelle
de ces ports du pavillon britannique. Il est
peu probable que la Grande-Bretagne
inaugure jamais un système de construction d'écoles libres et d'hôpitaux gratuits
à l'usage des Chinois ou autres indigents ;
cette initiative est à juste titre laissée aux
missionnaires, mais le négociant anglais
qui préfère l'indépendance accueillera
avec joie un peu de sympathie pratique et
avisée de la part de son consul, lorsque
l'occasion s'en présentera, ce qui n'est pas
le cas jusqu'à présent.

Notre corps consulaire de la Chine méridionale a incontestablement besoin d'être

mis au niveau du corps consulaire français au point de vue de la capacité, de l'expérience et de l'activité.

On pourrait trouver un remède permet-
tant aux armateurs anglais de lutter avec
les lignes subventionnées de vapeurs français : à ceux de ces navires relâchant à
Hongkong on pourrait par exemple impo-
ser des droits de tonnage spéciaux, et le
marchand anglais pourrait alors faire
mieux que se défendre.

Vues de Canton : 1, Un Canal.   2, Consulat de France.

3, Canonnière anglaise.   4, Canonnière française.

CHAPITRE III

HAIPHONG,

Situation de Haiphong. --- Projet d'un nouveau port. --- Descriptions antérieures. --- Do-son. --- Le quartier européen. --- La vie mondaine. --- Les affaires. --- Les cercles. --- Les distractions. --- Le commerce. --- Les industries. --- Les salaires. — Le Chemin de fer.

Lorsque la France annexa le Tonkin, vers l'année 1880, on était persuadé dans les sphères officielles que Haiphong rivaliserait un jour avec Shanghaï comme port de commerce ; mais si d'autres croyances enthousiastes de ce genre prévalent encore chez nos voisins, celle-là du moins a été tempérée par l'expérience. Après des années d'hésitation et des dépenses considérables le Gouvernement de la colonie vient de décider enfin que le principal port de commerce du Tonkin doit être situé sur la côte même et que Haiphong, qui pour le moment occupe ce rang, doit redevenir tout simplement un centre de ravitaillement pour l'intérieur. Etant données sa situation incommode de port fluvial et la présence des deux barres situées à l'embouchure de la rivière Cua-cam les jours de Haiphong sont officiellement comptés.

Tout en reconnaissant les inconvénients résultant de cette position défectueuse les Gouverneurs qui se sont succédés jusqu'à ce jour ont hésité à appliquer autre chose qu'un remède local, à cause des larges sommes déjà dépensées pour faciliter l'accès du port. Néammoins les navires calant de dix-huit à vingt pieds peuvent maintenant monter jusqu'à la ville. Une somme de 4.000.000 de francs a été votée pour l'amélioration du port, et 1.000.000 pour celui de Hongay. M. Doumer a proposé la création d'un nouveau port au Tonkin, dans la magnifique baie d'Along, près des riches charbonnages de Hongay et de Kebao, et d'un canal qui le relierait à Haiphong, la distance entre ces deux ports n'étant que d'environ vingt-cinq milles. La majorité des négociants de Haiphong approuvent ce projet qui aidera d'après eux au développement de la colonie et

dont ils bénéficieront individuellement.
Les grands paquebots de fort tonnage
pourraient entrer dans le nouveau port
et la Compagnie des Messageries Maritimes supprimerait probablement les petits
bâtiments annexes qui font actuellement

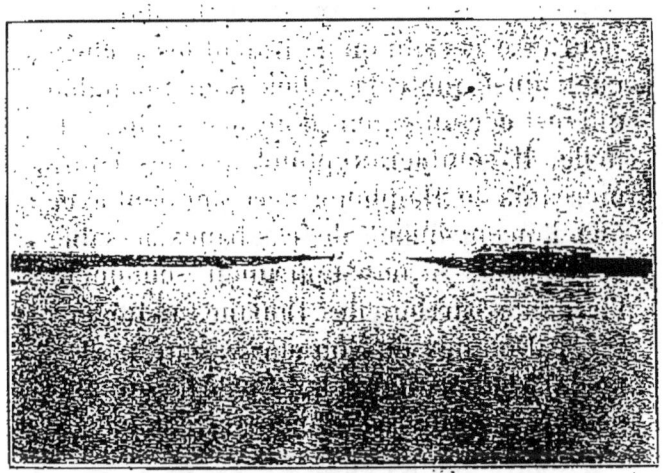

Le canal à Haiphong.

le trajet de Saïgon à Haiphong ; ses courriers relâcheraient directement au nouveau port. Haiphong est situé à 300 milles
au sud de Hongkong.

Bien qu'il soit hors de doute que la création d'un port de mer sur la côte septentrionale du Tonkin, et spécialement à

l'endroit proposé, ferait matériellement beaucoup de bien à la colonie, on peut se demander si l'inaccessibilité de Haïphong aux paquebots de fort tonnage restreint réellement beaucoup son trafic.

Si les acheteurs avaient besoin de se procurer des marchandises à Haiphong on peut être certain qu'ils iraient les y chercher ainsi que celà a lieu pour Shanghai qui est certainement d'un accès plus difficile. Il semblerait plutôt que les commerçants de Haïphong accepteraient avec joie l'inconvénient de ces bancs de sable et de boue si on supprimait seulement l'irritante barrière des Douanes et Régies. Si M. Doumer ou son successeur parvenaient à supprimer cet obstacle ils seraient pour le commerce et pour la colonie de véritables bienfaiteurs.

Le prince Henri d'Orléans écrivait de ses compatriotes les lignes suivantes :

« Nous n'étions pas depuis deux ans maîtres du Tonkin que nous l'entourions d'une épaisse muraille de tarifs douaniers, et que pour satisfaire quelques négociants français nous arrêtions l'essor commercial de la colonie, ne réfléchissant pas qu'une colonie naissante a besoin d'un

maximum de liberté, et que plus est élevé
le chiffre de l'importation et de l'exportation, plus les bénéfices sont grands. Le
principal est d'encourager l'afflux des capitaux, d'ouvrir la voie au commerce et de
le rendre aussi simple et clair que possible.
C'est ce qu'on n'a pas voulu comprendre. »

Le feu prince, comme d'autres prophè-
tes d'ailleurs, n'a pas été écouté dans son
pays quand il parlait des intérêts de la
France.

Haiphong constitue aujourd'hui un mo-
nument élevé à l'initiative et au travail
français.

Une description du port en 1880 le représentait comme étant situé sur les
deux rives du bras de mer. « Les rues sont
« étroites, répugnantes et sales, et n'ont
« pas été améliorées sous la domination
« française. Les rives du fleuve sont basses
« et faites d'alluvions et de boue et avec
« beaucoup de mal et d'argent on en a
« formé la concession française ; Les cons-
« tructions indigènes sont misérablement
« faites de boue, de bambou et de nattes.
« Les seules constructions décentes sont
« habitées par les Chinois et les Euro-

« péens ». Quatre ans plus tard un autre écrivain donnait de la ville la description suivante :

« Peut-être la ville prend elle de l'extension, bien que cela soit contestable, mais elle ne peut en tous cas s'agrandir rapidement ; les terrains de construction ne peuvent être obtenus qu'en enlevant laborieusement la boue et le limon des champs environnants et en l'entassant de façon à former une base sur laquelle on puisse construire une maison, à un pied ou deux au dessus des marécages qui, à marée haute, constituent la plus grande partie de la ville. Les routes elles-mêmes doivent être construites de cette façon.

Lorsqu'on aperçoit pour la première fois ces affreux marécages qui pénètrent jusqu'aux parties les plus reculées de la ville et exhalent sous les rayons du soleil de pernicieuses vapeurs, il semblerait que rien ne peut sauver Haiphong du fléau de la peste ; chaque maison est littéralement un foyer d'infection. ».

Depuis cette époque Haiphong s'est transformé et est aujourd'hui une ville moderne bien bâtie, pourvue d'un excellent système d'irrigation, avec de bonnes routes

et de beaux boulevards ; et bien qu'elle ne
puisse pas se flatter d'être une aussi belle
cité que Hanoi, elle constitue un plus
grand triomphe pour la colonisation française étant données les difficultés initiales
qui ont présidé à sa construction.

On vient d'ouvrir une route reliant le
port à la petite île de Do-Son, à l'embouchure de la rivière Cua-Cam, qui est deve-
nue la plage à la mode et possède un bel
hôtel et de nombreuses petite villas très
pittoresques où les habitants de Haiphong
viennent se reposer à la fin de la semaine.
Un large bras de mer entoure la vieille
ville de Haiphong, la séparant de la ville
neuve, et on a résolu de le combler et d'en
faire une promenade spacieuse pour les
voitures. Haiphong possède plusieurs bons
hôtels dont les principaux sont l'hôtel du
Commerce et l'hôtel de l'Univers ; les magasins sont vastes. nombreux, et bien ap-
provisionnés. La ville compte deux jour-
naux bien dirigés. Au point de vue municipal elle est bien administrée; les routes sont
larges, propres et bien entretenues ; les
trottoirs spacieux, agréablement bordés
d'arbres, et les piétons ne sont pas obligés
comme à Hongkong de passer au milieu

de la chaussée pour éviter des hordes de
coolies gauches et mal odorants. La ville
est éclairée à l'électricité. Les colons français prennent philosophiquement et confortablement leur exil loin de la patrie
bien ainée. Ils proclament à l'unanimité
qu'ils ont horreur de la séparation mais
qu'ils s'arrangent pour supporter le sacrifi-
ce dans les meilleures conditions possibles.

Ce ne sont pas ce que nos amis d'Amérique appelleraient des gens pressés et
après leur chocolat ou leur café matinal ils
se mettent au travail à huit heures et le quittent à onze heures pour déjeuner. Le temps
accordé pour ce repas est d'environ deux
heures et demie pendant lesquelles les affaires sont absolument interrompues ; le bureau de postes est fermé, les magasins clos
et chacun va de son côté pour déjeuner et
causer. L'aspect extérieur de Haiphong
est alors celui d'une ville de province anglaise le dimanche.

La scène qui se passe dans le salon d'un
hôtel de Haiphong, après le repas est tout
à fait nouvelle pour un visiteur anglo-
saxon. Figurez-vous une grande salle comprenant à la fois le billard, le salon de lecture, le bar et la salle de jeu, le tout don-

nant sur une vérandah ouverte ; dépeignez-vous ce tableau animé par la présence de nombreux Français, très gais, avec leurs femmes et leurs enfants, et dans cet état d'esprit bienveillant qui résulte d'un bon repas. Les parents assis à de petites tables causent et fument en dégustant leur café, jouant pour la plupart aux cartes, tandis que les enfants transforment joyeusement quelque coin en salle de jeux ; les dames sont en robe du matin et en casque colonial orné de dentelles, ce qui constitue d'ailleurs une hideuse coiffure. Cette scène dure environ une heure et, les sujets d'actualité épuisés, tout le monde se disperse, les uns pour faire une courte sieste, les autres pour s'atteler aux affaires.

A 1 h. 30, on se remet généralement au travail, les boutiques rouvrent leurs portes, la poste enlève ses volets et les autres Bureaux publics renaissent successivement à la vie. On peut enfin faire ses emplettes, mais comme l'habitude de fermer les magasins est générale j'en déduis qu'il n'y a pas d'affaires perdues pour cela.

A cinq heures les commerçants ferment leurs bureaux, mais les magasins restent ouverts et Haiphong se consacre au plaisir et aux distractions.

5.

Le tennis semble être le seul passe-
temps extérieur auquel on se livre au Tonkin, à l'exception cependant du cheval et de
la chasse dont les Français sont très
friands. Les dames, qui pendant la chaleur
du jour sortent vêtues de matinées et
coiffées de casques pour le soleil, costume
confortable et pratique quoique dénuié
d'élégance, se montrent alors en voiture
dans des costumes à la mode de Paris,
charmantes et vives tout à la fois

Ce moment est le plus intéressant de la
journée et les voitures attelées de petits poneys indigènes filent dans toutes les directions. Il existe de splendides promenades et
les routes, malgré un mouvement de voitures considérable, sont maintenues en parfait état A 6 heures 30 ou 7 heures du soir
a lieu le dîner ; puis viennent les distractions mondaines, le jeu en général. Les
musiques militaires qui jouent fréquemment sur les places publiques contribuent
beaucoup aux plaisirs de la ville.

Il y a aussi naturellement le théâtre, un
très beau bâtiment bien que la dimension
des fauteuils soit trop petite proportion-
nellement à la salle. La construction a
coûté 80.000 piastres et le directeur reçoit

du Gouvernement une subvention annuelle de 75.000 piastres ; avec cette allocation et les recettes du théâtre il paie les salaires des artistes mais non leurs frais de passage qui sont à la charge du Gouvernement. La saison théâtrale dure trois mois à Haiphong et trois à Hanoi, et le directeur est le même pour les deux villes qui se partagent la subvention.

Le cercle du Commerce est un petit club prospère quelque peu dirigé d'après nos règlements anglais, bien que la vie de cercle telle qu'elle existe dans les colonies anglaises soit inconnue au Tonkin. Il comprend une salle de restaurant, une petite bibliothèque, une salle de billard et un salon commun où les membres du cercle se réunissent pour causer, fumer et jouer. Certains soirs les dames sont invitées et le « hall » est consacré à la musique et à la danse.

Le cercle « des Bananes » ainsi nommé d'après un arbre situé dans le jardin qui l'entoure possède également une clientèle choisie.

Le champ de courses est situé à un mille de Haiphong, et un petit jardin public avec un kiosque à musique fait face à la ban-

que de l'Indo-Chine. M. A. R. Marty, dont
le nom est familier au Tonkin et qui est
également bien connu à Hongkong, a fait
construire une magnifique maison chinoise en dehors de la ville à proximité du
chemin de fer. — Elle a été bâtie avec le
plus grand soin, et on a fait venir spécialement de Canton la plupart des matériaux
ainsi que les ouvriers qui l'ont édifiée.

On trouverait difficilement l'équivalent
de cette maison dans la Chine méridionale
et elle a dû coûter une somme énorme.
Elle fait naturellement les délices de tous

M. A. R. Marty.

les Chinois qui la visitent et est entièrement meublée à la mode chinoise : elle est
remplie d'objets de prix que M. Marty a
réunis au cours de son long séjour en

Chine. Il est à juste titre excessivement
fier de sa maison, bien qu'elle soit désignée
dans le pays sous le nom de « Folie Marty. »

Au point de vue commercial Haiphong
cause une déception. Comme port principal d'une riche colonie dont la population est estimée à 12.000,000 d'âmes et
qui maintenant est pacifiée et prospère le
visiteur qui a vu Shanghaï, Honkong ou
Singapore s'attend à trouver une ville plus
importante. Les quais sont rares, et le
principal d'entre eux est occupé par la
Douane ; au lieu de voir un port plein de
navires le voyageur en compte à peine une
douzaine, et encore sont-ce des caboteurs
ou des transports. Haiphong peut s'être
commercialement développé, mais personne ne doute que si le pays avait été
débarrassé du système protectionniste qui
endort son activité et s'il avait été ouvert
largement au commerce libre, Haiphong
présenterait aujourd'hui un aspect tout
différent.

Quelques voyageurs cependant voient
Haiphong sous un autre jour, le marquis
de Barthélemy par exemple, « Le voyageur. dit il, est heureux d'arriver dans un
pays de négociants où l'Administration

n'est pas tout comme à Saigon. Cependant,
ajoute-t-il avec une ironie évidente, il
est étrange de trouver en débarquant,
s'étalant au milieu des quais du port
l'inscription : » Entrepôt des Douanes « et
autres rubriques administratives du même
genre bien faites pour effrayer la liberté
du commerce. »

Les statistiques commerciales accusent
une augmentation, bien qu'il soit difficile
d'obtenir des chiffres exacts. Le mouvement commercial en 1877 était de 2,234,749
fr. dont 1,134,448 fr. pour l'importation
et 1,032,092 pour l'exportation. Le nombre
total des acquits délivrés par la Douane
aux navires européens et chinois était de
309 dont plus de 50 o/o pour les Anglais.
En 1878 les importations de Hong-Kong
s'élevaient à 1,015,938 taëls et les exportations sur Hong-Kong à 734.433 taëls. Les
importations de Saigon se montaient 8.363
taëls et les exportations sur ce port à 216,133
taëls, la plupart des marchandises ex-
portées à Saigon passant Viâ Hong-Kong.
Après 1878 le commerce déclina beaucoup,
à cause principalement de la défense d'ex-
porter le riz et à l'état d'insécurité du pays,
mais il remonta bientôt et en 1880 la valeur

nominale des importations était de 5,467,315 fr, et celle des exportations de 7,507,528 fr. soit au total un chiffre de 12,974,838 fr. En 1899 les importations au Tonkin viâ Haiphong se montaient à 45.000.000, francs dont 20.075.000 francs de provenance étrangère. Les exportations pour la même année étaient de 19.350.000 francs dont 1250.000 francs seulement destinés à la France ou à des colonies françaises. Les principaux articles importés consistent en objets pour la vente au détail, en vins, substances minérales, métaux, confitures, or en feuilles. farines, etc. toutes marchandises dont la vente va en augmentant. Les articles d'exportation qui tiennent la tête sont le riz, le poisson, le poivre, le charbon et la soie. Les marchandises de détail anglaises cèdent rapidement la place à celles de fabrication française.

La main-d'œuvre indigène est très bon marché comparée à celle de Hong-Kong et de Shanghaï et nous avons découvert par exemple que les imprimeurs étaient payés 50 o/o de moins à Haiphong que dans l'une ou l'autre de ces deux villes.

Les domestiques sont Annamites et on
leur applique un système d'enregistrement
semblable à celui qui a été discuté et préconisé à Hong-Kong et qui est dit-on très
efficace, les domestiques étant photogra-
phiés avant de recevoir un certificat de la
police.

Toutefois ce système qui est bon au
Tonkin où tous les domestiques sont natifs
de cette colonie serait plus difficile à appliquer à Hong-Kong où les domestiques viennent du continent.

Il est satisfaisant de constater que plusieurs industries locales ont été lancées
récemment ; les principales sont une filature de coton et une manufacture de ciment. La « Société cotonnière » de l'Indo-
Chine a son usine dans l'avenue du Fort-
annamite, fabrique des cotons filés de bonne qualité et distribue, dit-on, de bons dividendes. D'autre part la « Société des Ciments Portland Artificiels de l'Indo-Chine », au capital de 2.000.000 de francs,
fait également des affaires florissantes et
produit maintenant des ciment de bonne
qualité On nous a informé que pour protéger ces industries et encourager les au-

tres le Gouvernement avait décidé d'augmenter les droits sur les cotons et les
ciments d'importation étrangère. Dans ces
conditions, aussi longtemps que les industries locales ne seront pas grisées par la

Les bureaux de MM. Marty et d'Abbadie.

prospérité et n'élèveront pas leurs prix
il est à présumer que les consommateurs
seront satisfaits ; mais c'est une maxime
générale que la concurrence en affaires

profite de toutes façons au consommateur,
tandis que le protectionnisme produit souvent l'effet contraire pour le producteur et
le consommateur.

L'industrie principale est représentée
par le chantier de constructions navales de
MM. Marty et d'Abbadie qui est bien outillé
et prospère et construit des navires jusqu'à
concurrence de 500 tonneaux. La plupart
de leurs vapeurs de rivière ont été fabri-
qués sur leurs propres chantiers. On trouvera ailleurs des renseignements sur leur
splendide service de paquebots et sans
aucun doute Haiphong doit une grande
partie de sa prospérité au service fluvial si
commode et si étendu de cette Compagnie
qui relie Haiphong à tous les centres importants de l'intérieur.

Un chemin de fer reliant Haiphong à
Hanoi a été construit et officiellement
inauguré par M. Doumer, mais il n'est pas
encore prêt pour l'exploitation à cause des
difficultés que présentait la construction
d'un grand pont situé à moitié route et
dont les fondations s'étaient affaissées.

Quand ce chemin de fer circulera il augmentera certainement la prospérité croissante de Haiphong. (1)

La population de la ville en 1899 était de 1.000 Européens, 10.000 Annamites, 50 Japonais, 38 Indiens et 5.000 Chinois.

(1) *Note du traducteur* -- Cette ligne a été dernièrement livrée à la circulation et plusieurs milliers de voyageurs l'ont déjà parcourue dans les deux sens.

Soldat annamite.

CHAPITRE IV.

HANOI

*Situation. — Une comparaison. — La
vie à Hanoi. — Une opinion française. —
Parallèle entre Hongkong et Hanoi. — Les
hôtels. — Les monuments. — Les magasins. — Les quartiers indigènes. — Le
petit lac. — La citadelle. — Le Jardin Botanique. — Le Champ de courses. — Les
jockeys annamites. — La femme colon. --
Les cafés. — Les affaires. — Le tramway
électrique. -- La gare. -- Développement
de Hanoi. -- La municipalité.*

La ville de Hanoi qui est maintenant la
capitale de l'Indo-Chine française est située à 80 milles environ de Haïphong.
Pour le moment le voyageur se rendant
à Hanoi doit prendre passage sur un
des petits vapeurs à faible tirant d'eau
des « Correspondances fluviales » qui
quittent Haïphong à 8 heures du soir

et arrivent à Dap-Cau, sur la rivière Cua-
Cam, le jour suivant à l'aube. Il peut alors
débarquer et monter dans le train qui le

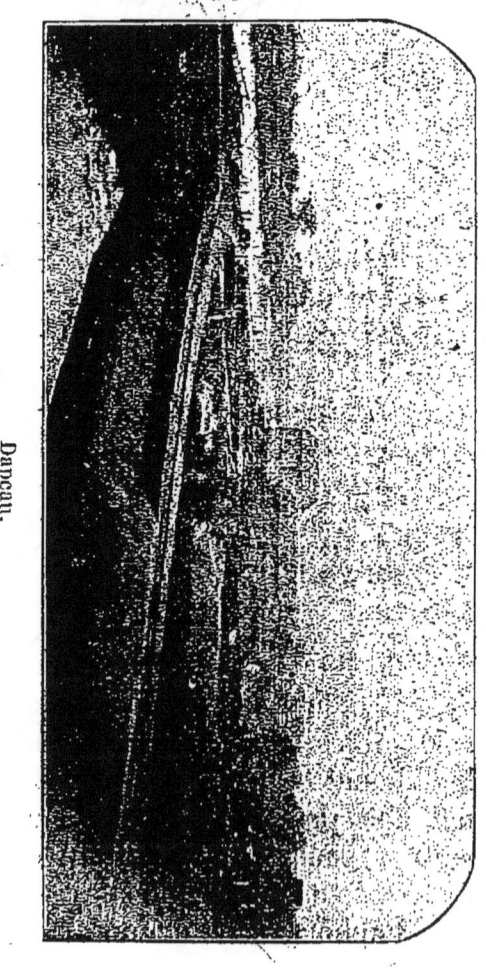

Dapcau.

mène en 3 heures à Hanoi, ou se rendre à destination par la chaloupe fluviale.

Ce voyage sera sous peu considérablement abrégé, car le chemin de fer entre Haiphong et la capitale a déjà été officiellement inauguré par M. Doumer et sera ouvert à la circulation aussitôt que les ponts auront été consolidés. (1)

Un correspondant militaire anglais M. James G. Scott, qui a visité Hanoi en 1884 pendant la campagne du Tonkin, écrivait les lignes suivantes, qui résument ses impressions sur la capitale indigène, dans son intéressant ouvrage intitulé « la France et le Tonkin » :

« Il est incontestable que Hanoi, cette « ville magnifique, dépassera de beaucoup « un jour Saigon, de même qu'elle est appelée à supplanter cette dernière comme « capitale des possessions françaises en « Extrême-Orient. » Bien qu'à certains point de vue il soit discutable qu'Hanoi, en tant que ville, soit supérieure pour le moment à la capitale de la Cochinchine, cependant, sous le régime de M. Doumer, les prophéties de M. Scott se sont réalisées;

(1) *Note du traducteur.* — Cette ligne a été depuis livrée à la circulation.

Hanoi est aujourd'hui la capitale de l'Indo-
Chine qui comprend les provinces de Cochinchine, d'Annam du Laos, du Cambodge et du Tonkin, et elle est vraiment digne de cet honneur.

En tant que ville bâtie au milieu d'une
agglomération asiatique Hanoi est supérieure à n'importe quelle autre ville d'Extrème-Orient. Shanghaï peut se vanter de
faire plus d'affaires. Hongkong peut alléguer avec orgueil son quartier européen
du « Peak » et ses routes taillées à même
le roc ; Manille peut faire valoir sa vieille
cité et Singapore ses splendides et spaci-
euses avenues, mais dans son ensemble
Hanoi leur est incontestablement supérieure.

Au point de vue des routes, larges et
bien entretenues, des vastes espaces et des
résidences particulières Singapore est en
certains endroits l'égale de Hanoi ; mais
après le coucher du soleil Singapore som-
meille tandis qu'Hanoi est dans tout son
éclat.

L'opinion généralement répandue parmi les nations européennes concernant la
vie coloniale anglaise est qu'en dehors de
leur passion anglo-saxonne pour les jeux

en plein air les colons anglais mènent par
leur faute une existence très triste

La conception anglo-saxonne de la vie
coloniale française est par contre que nos
voisins dépensent l'argent municipal à
s'installer le plus confortablement possible.

Cela est vrai à certains égards et tous
ceux qui ont visité une colonie française
admettront que la vie coloniale y a beaucoup de bon et est infiniment plus agréable
que la nôtre. Le colon français déteste sa-
crifier ses plaisirs habituels et il a en cela
parfaitement raison.

La vie au Tonkin est caractérisée par
l'absence de toute étiquette gênante, par
une complète ignorance de nos contraintes
mondaines, avec cette conséquence que
les Anglais mènent une existence sociale
entièrement artificielle, tandis que les
Français vivent tout à leur aise et, quand
leurs affaires sont terminées, se livrent
sans réserve aux distractions et au plaisir.
Ils ne pratiquent pas nos belles distinctions
sociales.

Nous prenons nos distractions sérieu-
sement et souvent nous en faisons une
affaire ; les Français n'agissent pas de
même et sont ennemis du formalisme.

6.

Imaginez vous, grands Dieux, à
Hongkong, la femme d'un haut fonctionnaire passant dans les rues par une après-
midi d'été en casque blanc et en large robe
de chambre et entrant à l'hôtel pour goûter
et babiller ! Ou bien encore un officier
supérieur assis avec sa femme après le
dîner à la terrasse d'un café, dégustant
un verre de liqueur, causant et regardant
passer les personnes qui défilent en voiture sous ses yeux.

Comme contraste, figurez-vous une salle de concert dans une colonie anglaise
d'Extrême-Orient avec son auditoire assis
gravement, en costume de soirée, toutes
choses qui semblent à un Gaulois aussi
guindées, et aussi gênantes que possible.
l'Anglo-Saxon fait de ses plaisirs un devoir ; nos voisins font de leurs devoirs
un plaisir.

Nous dînions un soir à Hanoi avec un
officier supérieur et un de ses amis,
constructeur du pont de Hanoi. Sa de-
meure était remplie de fort belles choses
et le dîner excellent ; notre hôte était en
petite tenue, son ami en costume blanc
boutonné jusqu'au col.

Une autre fois, dans l'intérieur du pays,
nous fûmes reçus d'une façon charmante
par le Résident de la province. Nous étions
douze convives attablés à un somptueux
repas qui n'en fut pas moins agréable
pour ce que personne n'était en tenue de
soirée. Il est impossible d'imaginer ce
sans façon dans une colonie anglaise.

Bien que nous soyions enclins à railler
les Français, leurs coutumes et leurs méthodes de colonisation, nous sommes les
premiers à les apprécier quand nous vi-
sitons leurs colonies. Je n'irai pas toutefois jusqu'à suggérer aux dames anglai
ses qui visitent le Tonkin de circuler
dans les rues par la grosse chaleur en
casque et en robe de chambre.

Un conseil de ce genre les scanda-
liserait !

Le feu prince d'Orléans faisait la re-
« marque suivante : « Lorsque nous co
« louisons, nous autres Français, nous
« montrons souvent une grande inexpé-
« rience et un grand manque de prévo-
« yance ; mais à côté de ces défauts nous
« avons certaines qualités que nous trans-
» portons avec nous à travers le monde.

« En premier lieu nous avons un génie
« tout particulier pour déblayer une ville
« indigène et bâtir à côté quelque chose

Vue prise à Hanoï.

« de propre et d'élégant à la fois, utili-
« sant les moindres détails de façon à ce
« que l'ensemble présente un effet agré-
« able à l'œil. Le bon goût de la grisette
« de Montmartre se retrouve dans le
« travail du pionnier et du sous-officier
« en Cochinchine, ce je ne sais quoi de
« subtil et d'intangible qui dérive de no-
« tre essence même ; ce qui explique
« qu'à peu de frais nous ayions assaini
« et en partie reconstruit deux des plus
« belles villes de l'Extrême-Orient, Hanoi
« et Saigon. Comparez ces villes avec les
« villes de construction anglaise de Bom-
« bay et Calcutta aux Indes, ou de Hong-
« kong en Chine : Vous verrez dans ces
« dernières de grandes et massives cons-
« tructions dénotant la force et la puissan-
« ce, de même dans les villes de cons-
« truction française vous trouverez toujours quelque ressemblance avec Paris. »

Le plupart des voyageurs reconnaîtront
la justesse de cette observation. Après une
visite à Hanoi, on est curieux de savoir ce
que les Français auraient fait de Hong-
kong s'ils avaient possédé cette ville. L'œuvre des Anglais a été merveilleuse à beau-

coup de points de vue, mais le développement de cette colonie insulaire a été
dû beaucoup plus à l'entreprise privée
qu'au travail officiel. Sous le rapport des
immeubles Hongkong est de beaucoup en
avance sur Hanoi où on ne voit pas comme chez nous de gigantesques maisons
de commerce. Le besoin ne s'en fait pas
sentir, les terrains étant ainsi qu'à Singapore nombreux, bon marché et peu acci-
dentés.

Sous le rapport de l'administration municipale Hanoi est de beaucoup plus avan-
cée que ne l'est et ne le sera jamais Hong-
Kong, colonie de la Couronne.

Les fonctions du Gouvernement de
Hongkong se bornent à l'administration
d'un territoire de quelques milles carrés.
En dehors des affaires municipales les
autorités militaires anglaises seraient parfaitement capables d'assurer à elles seules
le gouvernement de la colonie. Le Gouvernement actuel constitue une machine fort
coûteuse et l'Administration municipale a
été jusqu'à présent désastreuse. Nous
nous ressentons encore à Hongkong du
manque de prévoyance et de la politique
maladroite de nos anciens fonctionnaires

et le Gouvernement actuel au lieu de reconnaître ce fait indéniable s'efforce de
réparer les bévues passées par une politique de replâtrage administratif s'oppose
à la liberté d'action, évite toute dépense
salutaire concernant les travaux publics
et se refuse à adopter un système moderne d'administration municipale.

Les Services gouvernementaux sont
subdivisés à l'infini, chaque Service ayant
un personnel trop peu nombreux et, par
conséquent, incapable de mener à bonne fin
les travaux qu'exigent impérieusement
les besoins d'une ville sans cesse grandis-
sante. L'ambition du Gouverneur est de
fournir un excédent annuel obtenu au détriment de travaux publics essentiels et
d'améliorations sanitaires indispensables
A Hanoi tout ce que l'Administration peut
faire pour effectuer des améliorations
publiques, embellir et parfaire la ville. est
fait immédiatement. La municipalité dépense les fonds dont elle dispose aussi
aisément que nous les thésaurisons. Les
administrés ne se plaignent pas de taxes
municipales arbitraires, mais apprécient
tous l'œuvre magnifique de leurs ingénieurs urbains.

La caractéristique de la méthode française en matière de construction de villes,
et Hanoi en est un exemple, et plus près de
nous encore Kouang-tchéou-wan, c'est la
prévoyance. Les Français projettent et

Le Palais central presque achevé.

bâtissent pour l'avenir, et sous ce rapport
sont d'une façon frappante supérieurs aux
Anglais. Leurs ingénieurs sont-ils meilleurs que les nôtres, ceci est à examiner;
ce qui est certain c'est qu'ils obtiennent de
meilleurs résultats.

Hongkong, par exemple, souffre à présent d'une pléthore d'épidémies, peste,
choléra et petite-vérole, dûes à en croire
les experts à l'agglomération trop grande

des habitants, à une mauvaise canalisation
et à la disette d'eau.

Cet état de choses dénote un manque
de capacités administratives de la part des
anciens Gouverneurs, qui n'ont pas tenu
compte du rapide développement du port,
et n'ont pas su en suivre les progrès. Il
montre aussi que nos ingénieurs n'étaient
pas à la hauteur de leur tâche ou que s'ils
l'étaient ils n'avaient pas le courage de
leurs opinions.

A l'heure actuelle les moyens de transport rapide et bon marché qui seraient
nécessaires pour soulager des provinces
terriblement congestionnées n'existent même pas ; il n'y a pas de bac public pour
assurer les communications indispensables entre l'île de Hong-Kong et la terre
ferme et tous ces services sont abandonnés
à une compagnie locale.

Cependant on nous promet un service
de tramways électriques, et un fonctionnaire a suggéré l'idée de jeter un pont au
dessus du port, mais des bacs publics à
vapeur assez grands pour porter un
convoi seraient moins dispendieux et plus
pratiques.

Bien qu'une si mauvaise administration ait été pour notre colonie une terrible leçon de choses, on est en train de perpétrer à Kowloon les mêmes fautes, les mêmes errements. Chaque pouce de terrain qui peut être vendu est accaparé par le Gouvernement. En réalité le désir de vendre est poussé par lui jusqu'à la passion. Alors que dans le nouveau Territoire les routes se transforment rapidement en larges avenues, à Kowloon elles sont étroites, à peine aussi larges qu'une rue ordinaire d'un quartier indigène de Hanoi. De grandes maisons chinoises, laides et malsaines, sont élevées chaque jour, venant butter dans certains cas contre la bordure même de ces routes, à peine larges de 12 mètres ; les maisons européennes isolées dans leur propre terrain et appropriées au séjour dans un climat tropical sont peu nombreuses actuellement.

On permet aux propriétaires de construire pour les maisons européennes des terrasses qui seraient à leur place dans un faubourg de Londres, mais ne répondent pas du tout aux besoins de l'endroit. On n'a pas prévu d'emplacements pour des espaces découverts, et lorsqu'on aura bâti sur les lots vacants et que les Chinois afflueront et y pulluleront il y aura une nouvelle répétition des épidémies de Hongkong.

J'oserai dire que si les Français avaient bâti Kowloon ils en auraient fait une belle ville, avec des jardins et de beaux boulevards ; les collines auraient été jetées à bas et les résidences européennes disséminées sur une plus vaste étendue avec des moyens publics de communication.

Les chinois auraient leur quartier spécial et s'y confineraient. La santé et le bonheur futurs de ses compatriotes auraient été la préoccupation principale de l'ingénieur français.

Il y a à Hanoi de nombreux hôtels, cafés et restaurants ; les plus importants sont l'hôtel Métropole et l'hôtel d'Hanoi. Le premier est une magnifique construction récemment bâtie située sur le boulevard Henri Rivière, juste en face de la Résidence Supérieure. L'hôtel est élégamment meublé, et chaque chambre possède une salle de bains ; il y a un hall commun, des salons de conversation, et un salon de lecture.

L'accomodation sanitaire est parfaite
et l'installation générale ne laisse rien à
désirer. Le service est bon, les domestiques qui servent à table sont chinois et
les garçons de chambre annamites. La
cuisine est équivalente à celle d'une ville
française et la pension varie de $ 6 à $ 7.50
par jour ou $ 125 à $ 155 par mois. Pour
deux personnes $ 10 à $ 12 par jour et $ 210
à 250 par mois, comprenant suivant l'usage une bouteille de vin blanc ou rouge et
des liqueurs à chaque repas, déjeuner et
dîner. L'hôtel d'Hanoi est également une
importante maison bien dirigée, semble
avoir une large clientèle et possède un café
très populaire.

La circulation à travers Hanoi est très
commode. Il y a de nombreux pousse-pous-
ses, (ainsi appelle-t-on les Jinrickshas,)
traînés par des Annamites. Un tramway
électrique traverse la ville et les faubourgs
sur une distance de huit milles et a une
nombreuse clientèle européenne et indigène. Les principaux monuments publics
sont la Mairie, les Postes et Télégraphes,
la Résidence Supérieure, le Trésor, des
Bureaux, militaires et autres. Les Ecoles

publiques qui ont coûté 175.000 francs forment un magnifique pâté de maisons, avec sections séparées pour les garçons et les filles, une salle de cours, etc.

Un nouveau palais pour le Gouverneur, près du jardin public, et un nouveau Palais de Justice sont en voie de construction. Le superbe Palais Central des bâtiments de l'Exposition, maintenant terminé, sera ultérieurement converti en un Institut philologique et archéologique. Un nouveau théâtre pouvant contenir 800 personnes est élevé par la Municipalité à quelques mètres de la jolie petite église protestante française.

Les rues sont larges, bien ombragées, et parfaitement entretenues ; leur longueur totale, y compris les faubourgs suburbains, dépasse cinquante milles.

Les magasins grands et bien achalandés constituent une des caractéristiques de la vie à Hanoi et les nombreux établissements de lingerie et de confections feront les délices des dames qui visiteront l'Exposition. Vraiment le spectacle qu'offrent de nombreuses rues bordées de magasins

de premier ordre et de toutes sortes, avec
leurs stores de couleur, et leurs étalages
tentants, les boutiques de boulangers et
bouchers européens toutes tenues par des
Français est un tableau attrayant qui
rappelle les visions plaisantes de la patrie.
Comme dans les villes chinoises les pro-
fessions indigènes sont confinées dans des
quartiers spéciaux.

Les chaudronniers ont une section, les
fabricants de parchemin une autre et
ainsi de suite. Le plus beau travail indigène
est l'inscrustion de la nacre dans un certain
bois noir du pays et les annamites fabri-
quent des spécimens remarquablement
beaux de coffrets, écrans, plateaux, boîtes,
etc. etc. Le centre de cette production est en
réalité la ville de Bac-Ninh ; on peut aussi
s'y procurer de très élégantes broderies
sur soie.

Au centre de la ville est situé le Petit
Lac, avec son île minuscule, son pont
rustique et au milieu l'élégante pagode
annamite surmontée d'une statue en bronze de la Liberté. L'argent de cette statue
a été recueilli par sommes minimes de
nombreux souscripteurs indigènes. Le
lac mesure près d'un demi-mille carré,

l'allée qui l'entoure forme une promenade
agréable, et si la fatigue gagne le piéton
il peut se reposer au Café de l'Hôtel du Lac

Le Petit Lac.

et contempler le paysage qu'il a sous les yeux. Dans les environs du Lac s'élève la belle cathédrale catholique romaine, et sur l'autre rive, à côté du Bureau des Postes et Télégraphes, est un petit jardin public avec un kiosque à musique et une statue en bronze de Paul-Bert.

Du Petit Lac le visiteur peut prendre le tramway jusqu'à la Citadelle, l'intéressante vieille forteresse annamite de Hanoi, dont les murailles existent encore. Là sont réunies les différentes armes de la division d'occupation. Sur les terrains de cette citadelle une Compagnie parisienne est en train de construire un groupe de résidences européennes bien comprises, avec un marché et d'autres commodités. Plus loin le tramway passe devant l'ancienne cité avec ses gracieuses petites maisons une localité que les Français ont totalement irriguée et améliorée, et dont les rues sont maintenant larges, propres et bien tenues.

Le tramway entre alors dans les faubourgs suburbains ; d'un côté sont semées de jolies villas de toutes dimensions, pour toutes les bourses, et sur la droite on

longe le lac de Truc-Bac et le grand Lac
de Tay-Hô. Hanoi possède de nombreux
temples et pagodes indigènes dont la principale est celle du grand Bouddha, au bord
du grand Lac contenant une colossales
idole de bronze,

Dans les environs se trouvent les Jardins Botaniques qui sont réellement les
plus beaux et les plus pittoresques de
tout l'Extrême-Orient. Ces jardins sont
admirablement dessinés et sont coupés
par de larges routes carrossables ombragées par de beaux arbres.

C'est là que les habitants de Hanoi se
promènent en voiture dans la fraîcheur du
soir, et ceux qui préfèrent la marche y
trouvent des recoins nombreux et charmants. Les jardins possèdent une collection d'animaux peu nombreuse mais
bien choisie et de beaux spécimens de
tigres du Tonkin, de panthères et d'ours.
Ils renferment plus de 3.000 espèces de
plantes.

On atteint alors le Champ-de-Courses
qui est très fréquenté. Le dimanche où
nous y étions il y avait courses et le spectacle était des plus gais.

7.

Les montures sont des poneys tonkinois, petits animaux pleins de feu, ressemblant assez au poney Deli des Straits Settlements.

Ils ne sont pas assez grands pour être montés par des Européens, aussi les jockeys sont de lilliputiens annamites, et bêtes et cavaliers fournissent de bonnes courses. Les jockeys semblent très fiers de leurs fonctions et se pavanent, vêtus aux couleurs de leurs propriétaires, objets de l'admiration des indigènes. Les poneys sont nombreux et bon marché, et comme il y a de nombreuses et délicieuses promenades la plupart des Européens ont une voiture et une paire de chevaux. Le spectacle que présentent les avenues des jardins rappelle la *Lunetta*, à Manille, du temps des Espagnols, surtout quand un orchestre joue.

C'est alors que la femme française se présente sous son meilleur jour.

Elle a mis de côté le léger vêtement flottant du matin et paraît dans un élégant costume parisien, dans sa voiture traînée par une paire de poneys, avec un cocher et un groom, les bras croisés, en coquette livrée et bottes à revers.

C'est une vision étincelante de vivacité
et de plaisir que ce flot de voitures circulant
le long de routes magnifiques et garnies de
femmes en gracieux costumes. La ville
d'Hanoi possède vraiment beaucoup de
fort belles femmes.

A 7 heures du soir on dîne, et à 8 heures
les cafés commencent à se remplir ; les
groupes se forment et s'asseoient aux
petites tables de marbre, dégustent du
cognac ou des liqueurs, fument et con-
versent. La bière est la boisson favorite.
Un claquement de mains, un ordre bref
en français petit nègre, et le boy annamite
vêtu de blanc apporte un tapis qu'il place
au milieu de la table ; une partie de cartes
commence à laquelle les dames prennent
part.

La vie de café est très modérée, très
agréable et très populaire. Un Anglais, à
moins qu'il ne soit sobre, aurait probablement besoin de boissons plus fortes
et plus stimulantes ; un verre de bière ou
de liqueur suffit à un français pour toute
sa soirée.

Les militaires sont très en évidence, les

officiers de tous grades étant obligés de
porter continuellement l'uniforme.

Comme l'uniforme français est généralement de drap noir avec des ornements
rouges, en or ou en argent, l'effet n'est pas
aussi fatigant pour la vue des passants que
le serait l'habit d'un officier anglais, s'il était
continuellement obligé de se mettre en tenue. Le *Khaki* est très porté, spécialement
dans l'intérieur du pays, et les leggings de
forme anglaise sont de plus en plus à la
mode.

Les soirées, les bals, les concerts et le
théâtre constituent les distractions mondaines de la vie hanoïenne.

Il y a à Hanoi un grand mouvement
d'affaires croissant et continu qui naturellement se développerait dans de vastes
proportions si le pays était seulement
ouvert au commerce étranger. Plusieurs
industries locales ont été créées parmi lesquelles une brasserie, une filature de coton, une fabrique de papier, des distilleries
d'alcool indigène et des fabriques d'allumettes.

Ni Hanoi ni Haiphong n'ont encore
atteint la période à laquelle les capitalistes
d'un pays placent leur argent dans des

Compagnies publiques, et ceux qui ont des
capitaux disponibles les mettent dans leurs
propres affaires ou les envoient en France.
Le marché aux valeurs tel qu'il existe à
Hongkong ou à Shanghaï est inconnu,
mais comme une ou deux Compagnies ont
été constituées pour prendre en mains plusieurs des quelques industries existantes,
une institution de ce genre est possible
dans l'avenir.

La principale entreprise est la Compagnie des Tramways électriques qui,
d'après les explications qu'on m'a four-
nies, est moitié publique, moitié privée.
Les travaux ont été commencés en 1900 et
un excellent service de tramways est assuré sur une longueur de lignes d'environ
huit milles. Les voitures sont bien construites et confortables, divisées en première et seconde classe et sont de fabrication française. A la suite de la voiture est
attelé un petit wagon ouvert muni de stores en toile où les voyageurs peuvent
s'asseoir par les fortes chaleurs. Le tramway marche au moyen d'un système de
troley avec un courant variant de 500 à
600 voltes. L'appareil générateur consiste
en trois puissantes machines de 250 che-

vaux, et la Cie possède 22 voitures. Les
conducteurs et les pilotes sont Annamites,
le personnel comprend environ 100 employés dont 8 Français. Les tramways ont
une bonne clientèle européenne et indigène et la Cie passe pour faire de bons bénéfices. Le tarif maximum est de 5 cents en
première classe et 3 cents en seconde, et
le voyageur fait pour un prix très modéré
une délicieuse promenade de quarante
minutes.

On a construit boulevard Gambetta
une belle gare où convergera bientôt le
réseau entier des chemins de fer du Tonkin. Du magnifique pont jeté sur le Fleuve
Rouge le chemin de fer passe sur un
viaduc de pierre de 600 mètres de long et
traverse alors la ville.

En 1897 il y avait à Hanoi dans la partie
centrale de la ville 384 résidences étrangères ; de cette date à 1901 leur nombre
est monté à 608. Dans le même laps de
temps on a aussi construit 1.225 maisons
indigènes en brique. Il existe plusieurs
beaux marchés et on en construit d'autres
encore au fur et à mesure des besoins.

Les autorités municipales méritent les
plus grands éloges pour l'installation du

système de drainage des eaux qu'elles ont fait installer à grands frais, car le pays est plat et marécageux et on a dû combler préalablement de nombreuses lagunes situées dans la ville et dans ses faubourgs. Les réserves d'eau ont été édifiées en 1895-96, et l'eau est amenée par un canal long de 25 kilomètres de larges puits qui débitent par jour 5.000 mètres cubes. L'eau approvisionne directement les maisons européennes et on a installé 85 bornes-fontaines et 85 branchements à l'usage des indigènes.

La ville est éclairée à l'électricité par 523 lampes incandescentes et 55 lampes à arc placées dans les quartiers européens. Les quartiers indigènes avoisinants sont pourvus d'un éclairage au pétrole. La police est bien faite et n'est pas tracassière.

Le budget municipal prévu pour 1902 se monte à p. 844.344 ainsi réparties :

Impôts sur le revenu p. 29.000 ; patentes p. 60.000, capitation des asiatiques étrangers à la colonie p. 17.485 ; taxe personnelle des annamites p. 9.458 ; Le revenu des marchés en 1901 était de p. 71.497 ; celui des abattoirs de p. 18.682 ; celui des pousse-pousse de p. 43.370.

La population de Hanoi comprend
160.000 âmes dont 1.500 Européens sans
compter la garnison qui est importante et
4.000 Chinois. La ville est remarquablement saine et la température maxima pendant l'été, qui commence en avril, est de
35° centigrades.

Pendant l'hiver, c'est-à-dire à partir
d'octobre la température minima est de
6° centigrades.

Le chemin de fer permet maintenant aux
habitants de gagner en quelques heures
les hauteurs où ils sont à l'abri des chaleurs de l'été et où ils peuvent construire
de délicieuses résidences.

L'intérêt enthousiaste du public se porte
maintenant sur l'Exposition qui ouvrira à
Hanoi en novembre 1902, attirant de toutes
parts les visiteurs, et dont nous avons réser-
vé la description pour un autre chapitre.

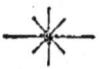

CHAPITRE V.

L'EXPOSITION de HANOI.

« Lorsque M. Doumer, alors Gouverneur général, se rendit en France afin de contracter son dernier emprunt de 200 millions de francs destiné à favoriser le développement de l'Indo-Chine, les financiers français eurent un moment d'hésitation bien naturelle. Ils désiraient savoir quelque chose de précis sur le pays qu'on leur demandait de lancer.

La réponse que leur fit le Gouverneur général indiquait bien le caractère de l'homme : Ils auraient une *démonstration pratique* de cette Indo-Chine qu'ils voulaient connaître. Et pour cela il décida de construire une Exposition qui serait une parfaite leçon de choses en matière d'entreprises coloniales françaises.

Une exposition de produits indigènes et d'entreprises coloniales constituerait une gigantesque réclame en faveur des possessions françaises d'Extrême-Orient. Elle inspirerait confiance aux Français qui ne connaissent l'Indo-Chine que de nom ou si va-

guement ! et montrerait d'une façon tangi-
ble aux indigènes, les ressources et la
grandeur de la France.

Aujourd'hui, l'Exposition de Hanoi est
presque achevée ; elle ouvrira ses portes
en novembre 1902.

Lorsque approcha le moment du départ
de M. Doumer pour la France quelqu'un,
par une heureuse inspiration, suggéra l'idée
de faire coïncider ce départ du Gouverneur
Général, promoteur de l'Exposition, avec
l'inauguration des bâtiments et d'en faire
une manifestation d'adieu tout à fait de
circonstance.

Cette bonne idée fut mise à exécution le
26 février 1902 par l'inauguration solen-
nelle du Palais Central. Cette magnifique
construction, noyau de l'Exposition de
Hanoi, sera conservée et deviendra plus
tard le quartier général de l'Ecole française pour l'étude de la philologie et de
l'Archéologie d'Extrême-Orient.

Jamais auparavant on n'avait vu à
Hanoi un spectacle d'une telle magnifi-
cence.

L'Empereur d'Annam et l'impératrice y
assistaient ainsi que M. Doumer, le général Dodds et d'autres hauts fonctionnaires.

M. Thomé, l'habile Commissaire général
de l'Exposition en souhaitant, au nom des
Colons, la bienvenue à M. Doumer, lui ma-
nifesta l'unanime regret que causait son
départ, après les cinq années au cours
desquelles il avait pris une part si active
aux affaires de la Colonie. Ne lui avait-il
pas donné, par son énergie et sa haute
valeur une impulsion qui consacrait sa
prospérité définitive. Les colons parta-
geaient sa confiance en l'avenir; ils
étaient convaincus que M. Doumer reste-
rait toujours attaché à cette Indo-Chine à
laquelle il avait ouvert la route du progrès.

« Florissante à l'intérieur », dit M.
« Thomé, « forte sur ses frontières, cette
« grande colonie faite de nombreux états,
« solidement et définitivement unis, pour-
« ra continuer le programme de progrès
« auquel vous avez consacré les dernières
« années que vous avez passées parmi
« nous.

« Je salue en vous, M. le Gouverneur
« Général, le premier artisan de l'Indo-
« Chine française ».

Les bâtiments de l'Exposition sont situés
à quelques centaines de mètres du nouveau Chemin de fer terminus de Hanoi.

Ils se dressent au milieu de vastes terrains, et on y accède par une large avenue
centrale qui est coupée, immédiatement en
face de la porte d'entrée, par le Boulevard
Gambetta aboutissant à la gare.

J'ai eu le plaisir de visiter les bâtiments
de l'Exposition en Avril dernier, comme
hôte de M. Thomé, sous la surveillance
attentive duquel ils seront bientôt termi-
nés, prêts à être livrés aux exposants.

A droite du Palais central sont groupés
les galeries et pavillons de la section destinée à recevoir les produits de la France
et de ses colonies. A gauche s'élèvent les
pavillons pour l'exposition des produits
de l'Indo-Chine. A l'extrémité de ces 2
groupes, et parallèment au Boulevard
Gambetta, se trouvent les sections réservées aux pays du Nord et de l'Est de l'A-
sie : Chine, Japon et Corée à droite, et les
pays du Sud et de l'Ouest de l'Asie : Siam,
Birmanie, Indes Hollandaises, Etablissements des Détroits, Philippines, Bornéo,
etc. à gauche, à l'extrémité de la section
Indo-Chinoise.

Les expositions doivent être naturellement disposées de façon à produire le

meilleur effet décoratif et à rendre l'examen des produits exposés facile et attractif.

Le Palais Central recevra, sans distinction de pays, les expositions relatives à l'Archéologie, les Beaux-Arts, la Science et l'Enseignement, l'Agriculture, le Commerce, l'Industrie, les Mines et la Métallurgie. On a installé d'une façon parfaite l'éclairage électrique des bâtiments.

La section de l'Indo-Chine Française comprendra les produits du Tonkin, du Laos, de l'Annam, du Cambodge et de Kwang-tchéou-wang, et tout à côté sur la gauche et en face du Palais Central, a été aménagé un petit lac, sur lequel seront exposés des engins de pêche, des modèles de bateaux indigènes, etc.

Les galeries de cette section seront exclusivement réservées aux produits principaux de la colonie; les négociants et fabricants de l'Indo-Chine auront là une place réservée pour tous leurs produits industriels et commerciaux et les principaux produits d'importation.

Le visiteur étranger aura ainsi simultanément sous les yeux tout ce que la colonie consomme et produit.

A quelque distance en arrière et parallèlement au Palais Central est située la
galerie des Beaux-Arts, spécialement
réservée à la peinture. Cette section est
organisée en France par la Direction des
Beaux-Arts.

M. Roger Marx, Inspecteur général des
Beaux-Arts, et M. Taglio, Commissaire de
l'Exposition des Beaux-Arts, son coadju-
teur, s'occupent activement de cette organisation, et M. Taglio viendra surveiller
lui-même à Hanoi l'installation de la
galerie des Beaux-Arts, assisté de deux
membres de la Société des Artistes français.

Ce *salon* promet de contenir les plus
belles collections de tableaux qui aient jamais été vues en Extrême-Orient. Plus de
500 toiles sont déjà promises. Nous men-
tionnerons également les jardins avec
leurs spécimens choisis de plantes magnifiques et rares, les pavillons pour
expositions particulières, les restaurants indigènes et européens, les cafés,
deux cirques, les illuminations, les bal-
lons captifs, le théâtre français, les théâtres

annamites et chinois, les concerts, les fêtes
vénitiennes, aquatiques, et nombre d'autres attractions.

Les objets exposés sont divisés en trois
groupes subdivisés en d'autres classes.

Le premier groupe comprendra :
Classe 1. — Archéologie, art ancien,
ethnologie, religions.

Classe 2. — Peinture, sculpture, archi-
tecture.

Classe 3. — Gravure, lithographie, typo-
graphie, livres, photographie.

Classe 4. — Musique et Art théâtral.

Classe 5. — Cartes et plans.

Classe 6. — Economie sociale et Colonisation.

Classe 7. — Médecine, chirurgie, hygiène
salubrité publique.

Le second groupe comprendra les classes
concernant : l'agriculture, le commerce,
l'industrie, les mines, la métallurgie.

Le troisième groupe : le génie civil, les
travaux publics, la mécanique, l'électricité, les moyens de transport.

Les produits exposés seront jugés par
un Jury et des médailles seront dé-
cernées à titre de récompenses, ainsi que

des diplômes signés par le Directeur de
l'Agriculture et du Commerce d'Indo-
Chine et par le Commissaire général de
l'Exposition. Ces récompenses compren-
dront : Un grand prix, des médailles d'or
et d'argent, de bronze, des mentions
honorables; une médaille commémorative
sera distribuée à tous les exposants.

Des facilités de transport toutes spéciales ont été accordées aux exposants et des
règlements imprimés ont été mis gratuitement en circulation à travers tout l'Extrême-Orient par les Consuls de France.

Ces règlements donnent tous les renseignements concernant l'Exposition.

Tout ce qu'il était possible de faire pour
que l'Exposition soit le grand succès
qu'elle promet d'être a été fait à l'avance
par les colons, les consuls de l'Extrême-
Orient et les fonctionnaires, et M. Thomé,
le Commissaire général, a rempli ses
fonctions multiples avec une remarqua-
ble compétence.

L'argent nécessaire à l'Exposition a été
assuré par un décret du Gouvernement
de l'Indo-Chine, en date du 7 décembre
1899, stipulant que les fonds devaient

être fournis par les contributions du budget général et des budgets locaux de l'Indo-Chine, et les recettes réalisées par l'Exposition.

L'Exposition est chaudement soutenue en France, en Extrême-Orient et dans les colonies françaises.

Au moment de ma visite, le Commissaire général avait reçu avis du Ministre de France à Tokio que *100* demandes d'admission à l'Exposition avait été faites par le Japon. On avait reçu *150* demandes des Philippines. A Madagascar, un crédit de cent mille francs a été ouvert par le général Galliéni pour faciliter l'expédition des produits à exposer. Un groupe d'indigènes dirigé par un architecte qui sera commissaire délégué, viendra participer à l'Exposition.

Les Établissements des Détroits, Bornéo et Sarawacts, le Siam et les Indes Hollandaises ont promis des collections nombreuses et intéressantes.

En France, le projet de l'Exposition a été accueilli avec enthousiasme, et la Chambre de commerce de Lyon a été la première à organiser un comité spécial d'initiative. Un autre comité fut formé à Paris dans le

8.

même but et compte parmi ses membres
de hautes personnalités telles que MM. le
Myre de Villers, Aymonier, Bompard,
Bourde, Brière, Gauthiot. Collin Delavaud,
Cousin, Hector, Jouannin. Charles Lemire,
Pavie, Piquet, Roume et Vial.

Parmi les négociants et industriels du
Comité figurent: MM. Ancelot, président
du Comité Français des Expositions à
l'Etranger; Arlin, l'important fabricant
de soie lyonnais. Conseiller du Commerce
intérieur de la France ; Bellan, fabricant
de broderies ; Chabrières président du Comité de la soie à l'Exposition de Paris ;
David Mennet président de l'Association
générale du Commerce et de l'Industrie ;
MM. Emile Dupont ; Engel ; Delaunay-
Belleville ; Faure-Lepage, l'armurier bien
connu. président du Jury de la section des
armes à l'Exposition de Paris ; Hautin-Fon-
taine; Hénon; Maguin; Lyon; Pleyel-Wolf;
Pinard; Sandoz; Rodel, de Bordeaux;
Vaury, président du Tribunal de Commerce de la Seine.

Le travail de classement et de groupe-
ment des produits de la France a été fait
à l'Office colonial sous la Direction de M.
Ancelot.

Parmi les nombreuses maisons françaises qui exposent nous citerons des établissements célèbres tels que : le Creusot, Fives-Lilles; Châtillon-Commentry ; les Forges-d'Alais, Lazare-Weiler, du Hâvre ; la
Cie des constructions démontables, Maquard et Cie de Fourchambault; les Forges
de Mohon ; les ciments de Boulogne-sur-
mer; la Chambre Syndicale de l'acétylène;
la Sté Industrielle de Chandernagor; la Sté
des Usines du Rhône ; la Sté de Saint-Gobain; Domange, Scellons-Courroies; Comptoir du Congo Occidental; Institut Colonial
de Marseille (Docteur Heckel) ; Brasserie
Boiteur frères. Besançon ; Sté Carbonique
lyonnaise; Doré et Cie à Troyes; Sté pour
la Défense du Commerce de Marseille,
Outremer-Guiment,à Lyon ; Sté d'Agriculture et d'Acclimatation du Var; Consul de
la République Argentine à Dunkerque;
Sylveltre, (matériel d'incendie), Vilmorin
Andrieux (horticulture); Ch. Delagrave,
éditeur; Sté Républicaine du Commerce et
de l'Industrie etc.

Le Commissaire Général et les Comités
locaux et métropolitains n'ont rien négligé pour assurer le succès de l'Exposition
au point de vue agencement et organisa-

tion ; on n'a pas non plus oublié tout ce qui concerne le bien être des voyageurs étrangers.

La Cie des Messageries-Maritimes et d'autres encore contribueront à la réussite de l'Exposition en transportant à des prix particulièrement réduits les marchandises qui doivent être exposées, et en accordant aux passagers un tarif spécial.

De Singapore les visiteurs voyageront par les excellents courriers de la Cie des Messageries-Maritimes jusqu'à Saigon où ils transborderont pour Haiphong.

De Hong-Kong les visiteurs peuvent voyager par les steamers de la Cie de Navigation Tonkinoise, (A. R. Marty), en touchant à Kwang-tchéou-wan. Hoihoï et Pakhoi, jusqu'à Haiphong. Par le steamer *Hué* qui est le meilleur de la flotte, le voyage prend environ 4 jours.

Les autres vapeurs qui sont le *Hanoi*, le *Hong-Kong,* et le *Ha-Tinh* ont des installations pour le transport des passagers et font le voyage en moins de temps, faisant escale moins souvent que le *Hué.*

MM. Jebsen et Cie ont également un service régulier d'une demi-douzaine de vapeurs entre Hong-Kong et Haïphong.

Les prix des passages entre Hong-Kong et Haïphong sont de $ 45 pour l'aller simple, $ 70 pour l'aller et retour, valables pour deux mois, mais ces prix seront certainement réduits.

La nouvelle ligne entre Hanoï et Haïphong est maintenant inaugurée et le visiteur se rend de Haiphong à la capitale en cinq heures, évitant ainsi une nuit fatigante à bord du petit vapeur.

On trouve à Hanoï de nombreux hôtels; les plus importants sont : l'Hôtel Métropole, Hanoï-Hôtel, l'Hôtel du Lac, de la Paix, Birot, et comme plusieurs de ces établissements ont une cuisine égale sinon supérieure à beaucoup d'autres Hôtels d'Extrême-Orient le visiteur est assuré de vivre confortablement. Les prix sont modérée et beaucoup moins chers que ceux de Hongkong.

De Hanoï, le visiteur peut prendre le train jusqu'à Lang-son et Dong-dang, à la frontière chinoise, au prix de 10 $ 50 et

Nouvelle gare de Hanoï.

les repas dans le train coûtent $1,00 chaque.
On organise à bas prix des excursions
spéciales aux endroits intéressants de l'intérieur du pays, et pour la splendide baie
d'Along qui dépasse en pittoresque et en
beauté la mer intérieure du Japon elle-
même. »

CHAPITRE VI.

Les Chemins de fer.

Le nombre des négociants anglais directement intéressés au développement commercial de la Chine qui sont actuellement

au courant des travaux de chemin de fer
entrepris par la France au Tonkin et dans
la Chine méridionale est probablement
très restreint.

Il y en a moins encore qui prennent au
sérieux le programme ambitieux élaboré
par M. Doumer et ses collaborateurs pour
la conquête commerciale et politique de
cette région. Certains français n'hésitent
pas à mettre publiquement en doute la
valeur des projets de M. Doumer, mais
cette opposition ne semble entraver en
aucune façon la mise à exécution de son
programme. L'administration de M. Beau,
le nouveau Gouverneur général peut af-
fecter ou non les projets ambitieux de la
France dans la Chine méridionale, mais
des probabilités de ce genre ne doivent pas
plus longtemps servir d'excuse à l'indifférence des fonctionnaires et des commerçants anglais dans des régions, que,
grâce à certains avantages géographiques,
nous avons jusqu'à présent complaisam-
ment considérées comme nous appartenant. Les membres du corps consulaire anglais ont négligé jusqu'à ce jour
d'attacher à cette question l'importance
qu'elle mérite ; les allusions qu'ils ont

eu l'occasion de faire dans leurs rapports
aux projets de chemin de fer français
laissent le lecteur sous l'impression que
nos voisins sont plus riches d'argent que
de sagesse lorsqu'ils tentent de s'assurer
de la sorte le trafic de bourgades ruinées
et de contrées improductives.

Cette impression a été rendue encore
plus vivace par un discours récemment
prononcé par Lord Curzon, vice-roi des
Indes, qui était opposé. dit-on, à ce que
l'on fît des dépenses pour le prolongement
jusqu'au Yunnan des chemins de fer bir-
mans dans le but problématique d'accaparer le commerce de ce pays ; il pensait que
les capitaux pouvaient être employés utilement dans les limites même de la Birmanie avec la certitude d'obtenir des résultats profitables. Une telle manière de
voir était certainement sensée et toute administration doit préférer à la spéculation
un bénéfice assuré.

Les idées de Lord Curzon sont cependant tout autres en ce qui concerne les devoirs qui incombent aux Anglais à Hong-
Kong et dans le sud de la Chine, et la lecture des ouvrages qu'il a publiés à ce su-

jet dénote clairement sa persuasion que
le jour où les Anglais se laisseront devan-
cer par leurs rivaux étrangers sur le terrain des entreprises commerciales, des
travaux de la civilisation et de l'administration bien comprise, ce jour là marque-
ra une date néfaste dans les annales de
l'Angleterre.

Le prince Henri d'Orléans écrivait:
« Pourquoi avons-nous pris le Tonkin ? —
Afin de nous ménager une porte d'entrée
en Chine. » L'idée originelle des Français
était de pénètrer en Chine par le Fleuve
Rouge, mais grâce à M. Doumer ce plan
a été abandonné. La France entrera maintenant en Chine au moyen de ses chemins
de fer. --- Il est à souhaiter que les quelques
pages qui suivent et la carte que nous pu-
blions à l'appui fasse comprendre aux lecteurs que les entreprises des chemins de
fer français au Tonkin et dans la Chine
mérionale sont autre chose que des projets
chimériques ; bien que le fonctionnaire
français puisse être aussi dépensier que
nous sommes habitués à le juger d'après
nos préjugés commerciaux, il n'est certainement pas assez peu pratique, ni assez
mal avisé, pour semer des millions dans

le seul but de révèler aux asiatiques sous
la forme de locomotives les merveilles
de la civilisation occidentale.

Peut-être M. Doumer avait-il un but
politique lorsqu'il mit le Tonkin en exploitation et il méritait dans ce cas de l'atteindre, à en juger d'après les résultats obtenus. Chose curieuse, c'est le système des
chemins-de-fer anglais en Birmanie qui,
de son propre aveu, lui a servi de modèle.

Le premier chemin-de-fer construit au
Tonkin était un petit tramway à vapeur
reliant la ville de Phu-Lang-Thuong à
Langson près de la frontière du Quang-si.
L'écartement de la voie était seulement
de 60 centimètres et l'on peut encore voir
dans les garages de Phu-lang-thuong les
coquettes petites locomotives et les petits
wagons découverts qui servaient pour le
transport des voyageurs.

Cette ligne fut construite par les autorités militaires pour faciliter le transport
des troupes et de l'intendance pendant la
campagne, la ville de Phu-lang-thuong
étant alors comme aujourd'hui, un important centre militaire. Il y a quelques
années on décida de porter à un mètre
l'écartement insuffisant de la voie, de pro-

longer cette ligne jusqu'à Hanoi, capitale
de l'Indo-Chine, et de pousser son tronçon supérieur au delà de Lang-son jusqu'à Dong-dang, sur la frontière chinoise.

Ce projet a été mis à exécution et le visiteur peut maintenant en quittant Hanoi
à 7 heures du matin atteindre la frontière
du Quang-si à 3 heures de l'après-midi.
Une description de ce voyage pourra
intéresser le lecteur s'il veut nous suivre
sur le parcours d'un de ces chemins de fer.

Grâce à la courtoisie de M. Broni, Gouverneur général par intérim, nous partî-
mes munis d'une passe spéciale et d'une
lettre ouverte d'introduction pour les officiers commandant les districts militaires ; notre départ avait été télégraphié à
l'avance et un sergent-major fut envoyé
à une des stations du parcours pour s'in-
former de notre passage et nous demander
si nous avions toutes nos aises.

Nous quittâmes l'hôtel à 6 heures 30 du
matin et le bac à vapeur nous transporta
sur l'autre rive du fleuve assez à temps
pour prendre le train de 7 heures 30. Le
bac avait une apparence extraordinaire
et consistait en une antique chaloupe à vapeur très délabrée aux bordages de laquel-

le avaient été fixés de chaque côté deux
bateaux indigènes : ces barques étaient
couvertes par une plateforme entourée
d'une balustrade de protection en fil de fer
et étaient réservées aux indigènes et à
leurs marchandises, provisions, buffles,
chariots, ponies, paniers, poissons etc.,
tandis que l'avant de la chaloupe était affecté au transport des Européens et de
leurs bagages. Le bac était confié aux soins
de deux Cantonnais qui prélevaient une re-
devance de sept cents par passager européen pour un parcours d'un mille environ.

Nous grimpâmes le sentier escarpé qui
conduit à la station provisoire, nous frayant
difficilement un passage à travers la foule
des indigènes et de leurs bagages et nous
montâmes dans le train.

Les trains sont composés d'environ
huit voitures, divisées en 1re, 2e, 3e et
4e classe. Les Européens emploient les
1re et 2me classes qui sont très confortables et comportent des voitures à cor-
ridor central, construites sur le modèle
Pullman, les sièges sont excellents et confortables, et les wagons comprennent un
lavabo. Une vieille voiture a été provisoirement transformée en « dining-car »

Le nouveau pont de Hanoï.

avec une cuisine attenante et on y sert à
déjeûner à ceux qui le désirent au prix
modéré de 1$50 vin compris. Les locomo-
tives en usage sont des machines à ré-
servoir, avec de petites roues conduc-
trices accouplées et des cylindres exté-
rieurs et semblent rendre les services
qu'on en attend étant donné que la vitesse
exigée n'est pas considérable. La vitesse
moyenne en terrain plat est de 35 kilomètres à l'heure

Tout le matériel roulant, les locomotives
et les ponts sont construits en France. Les
Français veulent évidemment encourager
ainsi leurs industries nationales et ces
produits manufacturés entrent dans la
colonie exempts de droits de douane.

C'est là une politique très séduisante à la
condition que les prix soient raisonnables.

La station provisoire a maintenant été
supprimée et les trains traversent le magnifique pont nouvellement jeté sur le
Fleuve Rouge.

Les voyageurs à destination de la nouvelle gare de Hanoi échappent ainsi aux
désagréments du voyage en bac.

9.

Le nouveau pont de Hanoï, de même que Fujiyama au Japon éclipse tout le reste c'est une magnifique structure en acier et les ingénieurs qui ont accompli cette tâche difficile peuvent en être fiers.

Avant de passer au-dessus du fleuve le pont traverse sur une distance considérable un terrain plat et marécageux et se continue sur la rive opposée par un long viaduc en pierres.

C'est un des ponts les plus longs du monde et sa longueur totale atteint 1680 mètres. Il est à voie simple avec un passage de chaque côté pour les piétons. Les ingénieurs qui l'ont construit sont MM. Daydé et Pillé de Criel (Oise) et l'ingénieur en chef chargé de sa construction nous informa que sa tâche avait été rendue très difficile par le peu de consistance du sol et du lit du fleuve. La rampe de terre conduisant au pont s'est affaissée trois fois à une profondeur totale de trois mètres. mais il pensait que le tassement était définitif. Les colonnes de pierre hautes de 14 mètres sont construites sur des piles cylindriques, métalliques enfoncées à une profondeur de 30 mètres et remplies avec du ciment. Ces colonnes en pierre sont au nombre de 20, le pont a coûté 6.000.000 de francs ($2,608.695) et on peut se faire une idée de sa dimension par ce fait qu'il a absorbé 80.

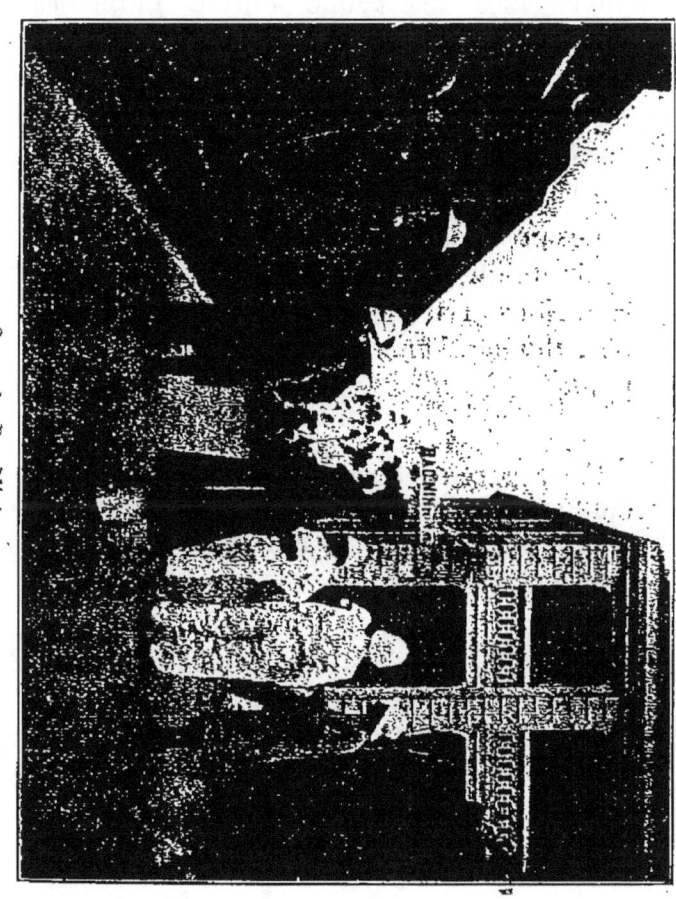

Gare de Bac-Ninh.

tonnes de peinture coûtant ensemble 80.000
francs et que le poids total de l'acier employé à sa construction est de 5.000 tonnes
Le pont a été ouvert à la circulation en
avril 1903, c'est une œuvre grandiose
dont le Gouvernement colonial français
peut s'enorgueillir à juste titre comme
d'une prouesse réalisée par l'habileté de
ses ingénieurs.

Les premières stations importantes après
avoir quitté Hanoi sont Bac-Ninh et Dap-
cau. Nous arrivâmes à onze heures à Phu-
lang-thuong, l'ancien point terminus de la
ligne.

Cette gare est remplie des reliques du
petit chemin de fer primitif et possède de
nombreux garages, des abris pour les
machines et des ateliers de réparation.
De Hanoi jusqu'au delà de Phu-lang-
thuong, le pays est très fertile et forme
une vaste plaine couverte de rizières. A
mesure que le train avance il laisse der-
rière lui les fertiles terres basses et atteint
bientôt les collines. La ligne a été construite avec la préoccupation d'éviter les

tunels et par conséquent, une fois dans la
région montagneuse, le train serpente
entre les collines par une succession de
courbes et de pentes. Le paysage est
sauvage et grandiose. Des rochers massifs
hauts de plusieurs centaines de pieds et
couverts de verdure jusqu'à leur sommet
se dressent en longues chaînes. Le train
côtoye des torrents courant sous la verdure
à travers la montagne, de charmantes
vallées, des taillis de bambous, des bois
ombreux et la petite machine s'en va
soufflant et haletant, momentanément
soulagée lorsqu'elle contourne une
roche ou dégringole la pente d'une vallée.

Bien au dessus des hautes terres et des
vallées environnantes s'élèvent des postes
militaires avancés qui sont en apparence
et en réalité de véritables forts en minia-
ture et sur lesquels flotte le drapeau tricolore. Dominant et protégeant chaque poste
se dresse un de ces petits blockhaus isolés
qui ont certainement été d'une grande
utilité au temps jadis alors que la piraterie
rampait dans l'ombre.

On aperçoit d'ici et de là de curieuses
et larges roches en forme de stalactites et
on remarque à de nombreux endroits des

carrières exploitées par les militaires et
qui fournissent aux autres lignes en
construction la pierre dont elles ont
besoin pour le ballastage et l'édification
des ponts.

A mesure qu'on approche de Lang-son
le paysage subit une transformation sen-
sible et les rocs gigantesques couverts de
végétation cèdent la place à des collines
presque dénuées de verdure. Le sol semble

Un rocher de stalactites.

fertile et de même que dans le pays de collines qu'on vient de traverser on découvre
de nombreuses traces d'une culture ancienne. Aujourd'hui toutefois la contrée

est entièrement désolée et littéralement
dépeuplée; ses habitants ont apparemment
été massacrés ou chassés du pays par la
frayeur que leur inspiraient les déprédations des pirates chinois et d'autre part
par la crainte des Français. On aperçoit
de temps à autre de petites agglomérations
de huttes, mais même aux environs des
gares de chemin de fer il n'existe pas de
villages petits ou grands. On dit que les
collines sont plus peuplées que ne le laisse
deviner leur apparence

Lorsqu'on commence à apercevoir Lang-
son, le paysage s'anime et les Tonkinois
se mêlent aux Chinois, semblant vivre
en bons termes avec eux. L'ambition des
Français serait de transplanter les indigènes d'autres parties très peuplées de la
colonie dans les districts déserts avoisinant
les collines et de les décider à s'y établir.

Lang-son est une ville de quelque importance et la population indigène qui est
principalement chinoise a établi ses quartiers dans la partie nord de la concession
française. La rivière Song-ki-kong traverse
Lang-son et en quittant la ville pénètre en
Chine par la préfecture voisine de Long-
Tchéou. Elle est traversée par un pont de

chemin-de-fer en acier long de 130 mètres.
Alors que Lang-son était aux mains des
Chinois, c'était une cité entourée de murailles possédant une citadelle avec une
garnison Chinoise bien qu'elle fût nominalement gouvernée par un fonctionnaire
annamite ; elle est actuellement occupée
par une petite garnison française. Il s'y
fait un bon commerce local et les tribues
aborigène des Tho qui habitent les collines
avoisinantes vendent sur les marchés de
la ville les cotons bruts qu'elles ont filés.
Langson est aussi le centre de la fabrication
de l'huile anisée, industrie très lucrative
les prix atteignant jusqu'à $ 300 le picul.
La ville a été établie d'après ces données
vastes et pratiques qui caractérisent tous
les établissements français ; les rues sont
droites, larges et bien entretenues.

La ligne du chemin de fer traverse la
rue centrale bordée de chaque côté de
coquets « bungalows ». La Résidence est
un spacieux et bel édifice et la ville possède un marché vaste et bien construit.
La gare est un important bâtiment avec
des cours, des garages, et des annexes, et
Lang-son présente somme toute l'appa-
d'une ville prospère. Les voyageurs trou-

vent à se loger à l'Hôtel de Lang-son et
il n'est pas exagéré de constater que nous
avons fait au modeste petit hôtel avoisinant le chemin de fer un des meilleurs
repas que nous ayions faits au Tonkin.
Après le dîner les clients envahissent le
café et les tables sont occupées par des
officiers et quelques civils qui causent
entre eux et jouent aux cartes.

De Lang-son on peut pousser jusqu'à
Dong-dang situé à trente milles environ
et qui est actuellement le point terminus
de la ligne. Cette station possède une garnison de troupes françaises et tonkinoises
installées dans des casernes construites
sur une colline qui domine la gare. De
Dong-dang la ligne a été continuée jusqu'à la « porte de Chine », à quelques
kilomètres de là. Un wagon fut aimable-
ment mis à notre disposition et nous
atteignîmes de la sorte le point extrême
de la ligne et la limite du territoire
français.

La frontière est indiquée par une muraille crénelée reliant entre eux des forts
chinois situés sur la crête de hautes
collines, et l'aspect est très pittoresque.
De chaque côté s'élèvent des collines et

au sommet de plusieurs d'entre elles se
détachent nettement les forts en pierre
grise des Chinois tandis qu'un petit poste

Lang-son.

militaire français bâti sur une colline en
contrebas surveille la frontière et la garde contre les invasions des rebelles, des
pirates ou des réguliers chinois.

Les Français ont l'autorisation de pro-
longer la ligne de Lang-son jusqu'à Lung-
tchéou-phu, la ville la plus importante de
la frontière du Kouang-si et Nanning-phu
sur la rivière de l'Ouest, et ils ont dès
maintenant commencé la construction
des embranchements qui doivent se pro-
longer jusqu'à ces deux villes.

La transformation de la ligne Phu-lang-
thuong-Langson construite en 1897 avec
un écartement de voie de 0.60 mètres qui
fut porté à un mètre en 1900, et le prolongement de cette ligne jusqu'à Hanoi
entraînèrent une dépense de 20.000.000
francs. Sa longueur est de 165 kilomètres.

Les stations ou haltes sont au nombre
de 28 et le matériel roulant consiste en
12 locomotives, 43 voitures de voyageurs
et 48 wagons de bagages. Le service de
la ligne n'emploie que 17 Européens car
les Chefs de gare, les préposés au télégraphe, les gardes barrière et les mécani-
ciens sont tous Annamites. Le nombre
des passagers transportés chaque mois
est de 75.000 en moyenne, mais le tra-

fic est peu considérable. Les recettes se
montaient à $ 1.730 par kilomètre, soit
en total de $ 263000. pour l'année 1901
contre un chiffre de dépenses de $ 210.000 ;
la balance était par conséquent de $ 53.
000. Les indigènes peuvent voyager sur
un parcours de 150 kilomètres pour la
somme de 1 piastre !

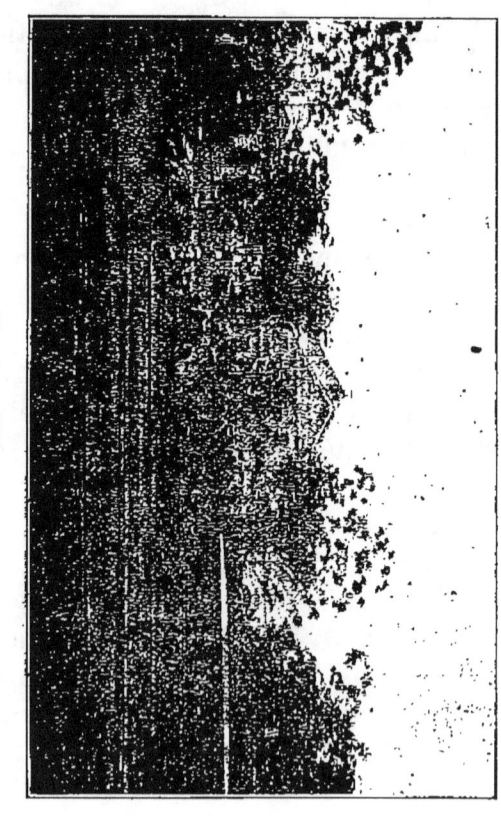

Phu-Lang-Thuong.

A l'époque de notre visite la ligne Hanoi-
Langson était la seule qui fût ouverte au
public. La ligne Hanoi-Haiphong avait été
inaugurée peu de temps auparavant mais
n'était pas encore tout à fait terminée. M.
Broni, Gouverneur Général par intérim,
avait courtoisement mis à notre disposition une locomotive et un wagon et nous
pûmes de la sorte parcourir la nouvelle
ligne jusqu'à Haiduong, chef-lieu de la
province, situé à moitié route entre Haiphong et Hanoi et à 57 kilomètres de cette dernière ville.

La ligne a été construite par adjudication
et les ponts ont une largeur suffisante
pour livrer passage à une seconde voie
lorsqu'elle sera rendue nécessaire par l'accroissement du transit. Le pays traversé
est une plaine fertile couverte de rizières
et la voie s'étend, toute droite, à perte de
vue.

Le trajet est actuellement de cinq heures, mais il sera bientôt réduit à trois heures par l'emploi de locomotives plus puissantes. Des affaissements qui se sont produits ont rendu très difficile la construction du pont jeté sur le fleuve à Haiphong.

La ligne qui a été inaugurée le 1er Juillet 1902 a donné de suite d'excellents résultats et son mouvement est considérable.

Le vaste réseau de chemin de fer qui couvrira bientôt toute l'Indo-Chine a été conçu par M. Doumer, bien que le projet de prolongement de la ligne. Langson-Phu-lang-thuong ait été élaboré par son prédécesseur, M. de Lanessan. La question des chemins de fer fut soulevée au commencement de 1897, peu de temps après l'arrivée de M. Doumer qui présenta au Conseil Supérieur un projet pour l'établissement d'un réseau de chemins de fer de pénétration en Chine. Ce vaste système de voies ferrées devait traverser toute l'Indo-Chine, de Saigon au Tonkin, l'Annam et pénétrer en Chine par la vallée du Fleuve Rouge.

Sa longueur totale devait être de 3.000 kilomètres. Le Gouverneur espérait que l'Indo-Chine serait bientôt en état de supporter elle-même les dépenses qu'entraînerait l'exécution de ce plan. En attendant l'obtention des capitaux nécessaires aux travaux, la colonie pouvait les commencer de suite sur une longueur de 600 à 1000 ki-

lomètres, et ce tronçon initial donnerait
au point de vue commercial d'importants
résultats.

Le quartier chinois à Lang-son.

Le projet du Gouverneur général fut
examiné par une commission spéciale pré-
sidée par le général Bichot, commandant
les troupes d'occupation, et, sur l'avis favorable émis par cette commission, le
Conseil Supérieur consentit à l'adoption du
programme suivant :

1. — Construction d'une ligne principale
partant de Saigon et traversant tout l'Annam en passant par Quinhon, Tourane et
Hué, se prolongeant à travers le Tonkin

jusqu'à Hanoi et rejoignant la ligne projetée de la frontière du Kouang-si.

2. — Construction d'une ligne de Haï-phong à Hanoi avec prolongement vers le nord par la vallée du fleuve Rouge et pénétrant dans le Yunnan.

3. — Construction d'une ligne de Sava-naket à Quangtri faisant communiquer la vallée du Mékong avec la côte d'Annam.

4. — Construction d'une ligne de Qui-nhon à Kontoum ouvrant la partie méridionale de l'Annam.

5. — Construction d'une ligne de Saigon à Pnom-penh avec prolongement ultérieur jusqu'au Siam.

La longueur totale de ces lignes était estimée à 3.200 kilomètres et la commission évaluait la dépense à 120.000 francs par kilomètre, soit en chiffres ronds 400. 000.000 de francs pour l'ensemble du réseau des voies ferrées.

Le Conseil préconisait comme point de départ la construction de 600 à 700 kilomètres de voie, la colonie n'étant pas alors en état de supporter des charges financières aussi lourdes, ce qui représentait au taux de 4 pour cent une dépense annuelle de 16.000.000 de francs.

Toutefois, un an plus tard, M. Doumer insista de nouveau sur la mise à exécution de son plan et fit valoir que les ressources de la colonie s'étaient suffisamment développées pour qu'on pût adopter un programme de travaux plus important que celui qui avait été préconisé par le Conseil. Le Président de la République avait donné son approbation à un projet de M. Doumer tendant à établir un budget général pour l'étendue de toute l'Indo-Chine, mesure qui permettait à la riche colonie de Cochinchine de venir en aide au Tonkin.

M. Doumer décida qu'on pouvait commencer 2.000 kilomètres de lignes ferrées et le 14 septembre 1898, sur la proposition du Gouverneur général, et sur le rapport de l'amiral de Beaumont, commandant en chef l'escadre d'Extrème-Orient, le Conseil Supérieur arrêta la résolution suivante :

« Les travaux de construction des chemins de fer d'Indo-Chine et des voies de pénétration en Chine seront commencés à bref délai. »

Le Conseil estima comme particulièrement urgente la création des lignes suivantes :

10.

1. — Ligne de Haiphong à Hanoi et à la frontière du Yunnan (Laokay).

2. — Ligne de pénétration en Chine de Laokay à Yunnan-sen, capitale de la province du Yunnan.

3. — Ligne de Hanoi à Nam-Dinh et Vinh.

4. — Ligne de Tourane à Huè et Kouang-tri.

5. — Ligne Saigon à Khanh-Hoa et au plateau de Langbian.

6. — Ligne de Mytho à Vinh-long et à Cantho. Ce programme fut officiellement adopté le 25 décembre 1898; il autorisait M. Doumer à contracter un emprunt de 200.000.000 de francs devant être exclusivement consacrés à l'exécution des travaux de chemins de fer.

Il est bon de rappeler que les Français ont pris le Tonkin parce qu'ils voulaient avoir une voie de pénétration en Chine et considéraient comme telle le cours du Fleuve Rouge. Ils s'aperçurent bientôt que ce fleuve ne répondait pas à leur attente et que ses eaux étaient beaucoup trop basses dans la partie supérieure de son cours pour être facilement navigable.

Ils croyaient entamer avec les Anglais
une lutte de vitesse dont le but était la
suprématie commerciale et politique dans
les riches provinces méridionales de l'Empire chinois. Le réseau des chemins
de fer anglais en Birmanie a maintenant
atteint Kunyon-Ferry, sur la frontière du
Yunnan, et le vice-roi s'oppose à ce
qu'il soit poussé plus en avant. Les anglais de Hong Kong comptent principalement sur les chances de trafic qu'assu-
rerait la navigabilité de la Rivière de
l'ouest, car Nanning-fu n'est situé qu'à
trois jours de chaloupe de Hongkong. Le
spectacle de ce que nos voisins ont déjà
fait pour l'extension de leurs voies ferrées
constitue une importante leçon pour l'initiative commerciale et officielle des anglais.

Les résultats actuels du programme
élaboré en 1897 par M. Doumer sont les
suivants : La ligne de Haiphong à Hanoi
et Laokay est presque terminée et maintenant que les deux ponts ont été ren-
forcés les trains circulent entre Hanoi et
Haiphong.

La ligne de Hanoi à Viétri, longue de 60 kilomètres, sera inaugurée en octobre 1902. *

Note du traducteur. -- Cette ligne a été inaugurée le 9
mars 1903.

A Viétri on a commencé la construction d'un pont en acier de 295 mètres jeté sur la Rivière Claire. Un autre pont de 90 mètres traverse le Song-Ca-lo.

La ligne de Viétri à Yenbay, 75 kilomètres, sera probablement finie à la fin de 1902, et on va entamer les travaux de la section Yenbay-Laokay. La distance qui sépare Viétri de Laokay est de 223 kilomètres et nécessitera la construction de 175 ponts métalliques dont l'un, à Namki, aura une longueur de 120 mètres. Le coût de cette portion de la ligne est estimé à 135,000 francs par kilomètre. La ligne est construite par adjudication et doit être terminée en 1904. Dans les parages de Haiduong le pays est riche et la population très dense, mais au delà de Viétri la région est montagneuse et peu peuplée.

La ligne de Hanoi à Vinh est également construite par adjudication et on compte l'inaugurer cette année. Elle coûtera 32.600.000 francs, ce qui la met à près de 100.000 francs par kilomètre. Cette ligne compte quatre ponts mesurant de 120 à 205 mètres.

Le matériel roulant comprend 29 machines, 96 voitures de voyageurs et 240 wagons de marchandises. Le chemin de fer traversera les deltas du Fleuve Rouge, des rivières de Thanhoa et de Vinh, pays fertiles et peuplés.

Porte de la Citadelle.

La ligne de Tourane, Hué et Kouangtri, longue de 175 kilomètres, est divisée en deux tronçons, l'un de Tourane à Hué de 104 kilomètres, l'autre de Hué à Kouangtri de 71 kilomètres. On construira un pont de 350 mètres sur le Cu-dé et douze autres ponts variant de 40 à 120 mètres. Les onze tunnels représenteront une longueur to-

tale de 3.290 mètres, les deux plus longs
ayant respectivement 840 et 562 mètres.
Ces tronçons de lignes sont déjà commencés et leur matériel actuel consiste en 6 locomotives, 17 voitures de voyageurs et 47
wagons de marchandises.

Cette ligne reliera la capitale de l'Annam
au reste de l'Indo-Chine. De Hué à Tourane le pays est montagneux, mais de cette
dernière ville jusqu'à Quang-tri le district
traversé est très fertile.

La ligne de Saïgon à Khan-hoa et au
plateau de Lang-biang aura 650 kilomètres et comprendra un double pont d'une
longueur de 222 mètres, sur la rivière Don-
nai ainsi que 56 autres ponts, 40 viaducs
et 13 stations. Cette portion de la ligne est
essentiellement un chemin de fer de colonisation car il donnera accès à des territoires fertiles, propices à la culture du
thé, du café, du tabac et de la gutta-percha.
On peut élever un sanatorium sur le plateau de Lang-biang

Lorsque ce projet eut été officiellement
adopté on décida également la construction de 1.700 kilomètres de chemins de
fer en territoire chinois et on passa un

contrat avec un Syndicat français pour l'entreprise de ces travaux, mais à la condition qu'il obtiendrait des Chinois la concession nécessaire.

Le Gouvernement de la Colonie garantit au Syndicat pendant une durée de 75 ans une subvention annuelle de 3.000.000 fr, engagement qui fut également garanti par le Gouvernement de la Métropole. Un comité représentant le Syndicat inspecta le territoire mais le soulèvement des Boxers suspendit provisoirement ses travaux.

Le 15 juin 1901 un Syndicat se constitua pour la construction et l'exploitation d'un chemin de fer entre Haiphong et Yunnan-sen pour une période de 75 années. Le capital demandé était de 101.000.000 de francs répartis de la façon suivante :

Capital de la compagnie. . 12.500.000 fr.
Subvention du Gouverne-
    ment de l'Indo-Chine. . . 12.500.000 »
Annuité garantie jusqu'à
    concurrence de 3.000.000. 76.000.000 »
                                 —————————
                                 101.000.000 »

Ce projet reçut l'approbation du Gouvernement français le 18 juin 1901, et on

fit alors valoir que ce vote avait pour
objet « d'assurer la prospérité du Tonkin
« et d'ouvrir de vastes régions à l'indus-
« trie et au commerce. français ».

Le personnel du chemin de fer du Yunnan est maintenant à l'œuvre et se prépare
à commencer la construction de la ligne.

Les Officiers d'Artillerie qui ont construit la ligne.

Les Français ont étudié et exploré à
fond le Yunnan et nous rencontrâmes un
capitaine qui avait surveillé pendant six
mois les travaux du chemin de fer dans
cette province et en disait le plus grand
bien. Le pays est sain et le climat tempé-
ré. Il y a là un énorme plateau qui produit chaque année trois récoltes de riz et
là où on ne plante pas de riz on cultive
le maïs et le sagou. Les principaux minéraux sont le fer, l'argent, le cuivre,
l'étain, le zinc et on trouve également du
charbon. Les habitants sont travailleurs
et pacifiques et les produits européens y
trouveront un excellent débouché !

M. Doumer et d'avis que la ligne de
Laokay à Yunnan-sen n'aura de valeur
réelle que si elle est prolongée jusqu'à la
riche et populeuse province de Szechuen.
De décembre 1899 à mai 1900 on étudia
à fond le pays situé entre Yunnan-sen et
Sui-fou dans le Szechuen, et le Gouvernement français décida alors qu'il était
nécessaire de construire une ligne reliant
Yunnan-sen à Sui-fou, Chengtu et
Chungking. Peut-être le Gouvernement
chinois voudra-t-il avoir aussi voix au
chapitre.

La Commission des chemins de fer qui
visita en 1898 la Chine méridionale détacha
plusieurs officiers sous les ordres de
l'ingénieur Wiart pour reconnaître à fond
le pays au point de vue de la possibilité
d'établir une ligne allant de la frontière
du Tonkin à Hankéou, sur le Yang-tzé, et
de rejoindre de la sorte le chemin de
fer belge de Hankéou-Pékin. A la suite de
ces études on élabora un projet de ligne
passant par Nanning-fou, Li-tchéou,
Kiveilin, capitale du Kouang-si, Heng-
tchéou et Chang-sha, capitale du Honan ;
sa longueur totale doit être de 1.500
kilomètres. Ce projet a été soumis à des
financiers français.

On a projeté également deux autres
lignes partant de Quang-tchéou, la nouvelle colonie française, au Kouang-toung,
l'une passant par Muilok et Kao-tchéou
pour atteindre la rivière du Si-Kiang,
probablement près de Wu-tchéou-fou ;
l'autre passant par Tche-kam, Sonikay et
Yulin-tchéou et se dirigeant vers l'Ouest
en s'amorçant à Nanning-fou avec la ligne
Langson-Hanoi.

Tel est le programme des chemins de fer français pour le développement de l'Indo-Chine et l'exploitation de la Chine méridionale et même de la Chine centrale. Pendant que le Gouvernement français n'épargne ni ses efforts, ni les hommes, ni l'argent pour accaparer le commerce et obtenir des concessions de mines dans le Sud de la Chine les efforts des fonctionnaires anglais se bornent à discuter la possibilité d'établir une ligne de Kowloon à Canton et à s'efforcer timidement et jusqu'à présent sans succès, de faire cesser les agressions des Chinois contre les bateaux anglais qui naviguent sur la rivière de l'Ouest.

Il n'est pas difficile de prévoir quel sera le résultat final.

Un poste sur la frontière

CHAPITRE VII

L'Administration. — Les progrès.

Réorganisation. --- L'Administration. — Les Services. --- Les Télégraphes. --- Les Plantations. — Les Planteurs à Tuyen-Quang. --- L'Agriculture indigène. --- Aspect commercial. --- Opinion de M. Leroy-Beaulieu. --- Les centres commerciaux chinois. --- Les Industries. --- Les Charbonnages de Hongay et de Kebao, --- Le budget de l'Indo-Chine.

Quand M. Doumer arriva en Indo-Chine en 1897 pour en prendre le gouvernement la situation au Tonkin donnait lieu à de sérieuses appréhensions. Malgré la présence d'un corps d'occupation important, le Protectorat souffrait encore gravement des déprédations de fortes bandes de pirates qui infestaient les districts les plus reculés, empêchant la culture du sol et entravant le commerce.

La situation troublée du pays et la charge des opérations militaires réagissaient
naturellement sur les Finances ; le budget
de 1895 eût à supporter un déficit de près
de trois millions de francs et l'année suivante le Protectorat demanda à contracter un emprunt de quatre-vingts millions;
permission qui lui fut accordée.

L'avenir ne s'annonçait donc pas bien
brillant à l'arrivée du nouveau gouverneur
et il vit clairement qu'il fallait chercher le
remède dans la pacification rapide du pays,
dans la réforme de l'administration, la
réduction des dépenses, et, plus tard dans
l'ouverture des provinces de l'intérieur.

On ignore si personnellement M. Doumer était partisan pour le Tonkin de cette
politique de protectionnisme qui, de l'avis
de la plupart des négociants a entravé son
essor commercial. Le tableau enthousiaste
qu'il a tracé de l'avenir de Kwang-tchéou
transformé en port libre impliquerait que
s'il n'était pas primitivement partisan de
la liberté du commerce pour les colonies
françaises d'Extrème-Orient, son opinion
s'est maintenant modifiée en faveur du
libre échange.

Le premier acte de M. Doumer fut de réorganiser l'Administration, et se basant sur ce principe qu'un Etat prospère doit son assistance à un voisin plus faible, il

S. M. Thanh-Thai, roi d'Annam.

créa un budget général pour l'Indo-Chine
et la prospérité de la Cochinchine commença de la sorte à contribuer aux progrès
du Tonkin.

Ainsi réorganisé le Pouvoir exécutif se
composait des Directions suivantes : Justice, Douanes, Agriculture et Commerce,
Travaux publics, Postes et Télégraphes,
Trésor, Service Sanitaire et Police. On
adopta pour la collection des impôts un
système amélioré établissant une taxe sur
les terres, les indigènes, les européens,
les asiatiques étrangers, les passe-ports,
les navires et les jonques de rivière, les
patentes, les marchés, l'alcool indigène,
les allumettes, le sel, l'opium, l'exportation du riz, et les documents légaux. On
leva des impôts dans les principales villes
pour les besoins des Municipalités.

La suppression de la piraterie et du
brigandage n'était pas une tâche facile,
mais les mesures vigoureuses qui furent
prises eurent pour résultat de repousser
les bandits chinois jusqu'à leurs repaires
de la frontière ; cependant, bien que le
Tonkin puisse être considéré aujourd'hui
comme entièrement pacifié, il est encore
malheureusement nécessaire de maintenir

dans les hautes régions l'administration
militaire et des garnisons suffisantes pour
empêcher les incursions des maraudeurs
chinois qui séjournent en permanence
dans les provinces limitrophes du Kwangsi
et du Kwangtung.

L'Administration actuelle. placée sous
l'autorité du Gouverneur Général et englo-
bant, l'Indo-Chine toute entière a été créée
en 1899 et se divise ainsi qu'il suit :

Cabinet du Gouverneur Général, Direc-
tion Militaire, Direction Maritime, Justice,
Affaires Civiles, Trésor, Agriculture et
Commerce, Travaux Publics, Douanes, et
Direction des Postes et Télégraphes.

Le territoire de l'Indo-Chine se compose
de la colonie de Cochinchine, des protectorats d'Annam, Laos et Tonkin et du port
et du Territoire de Kouang-tchéou, d'acquisition récente. Dans la pratique toutes ces
provinces protégées sont de véritables colonies françaises.

« Le Tonkin se compose de deux régions
« essentiellement distinctes : le Delta, en-
« tièrement cultivé et très peuplé, formant
« la cinquième ou sixième partie de la
« superficie, totale du Tonkin contenant des
« trois-quarts aux quatre-cinquièmes de sa

11.

Tuyên-Quang,

« population et une proportion encore plus
« grande de la fortune du pays ; et la ré-
« gion située en dehors du Delta, accidentée
« et plus vaste, moins peuplée et moins
« susceptible de développement, sauf le
« cas possible où l'on y découvrirait des
« richesses minières. Les vallées supé-
« rieures du Fleuve Rouge, au dessus de
« Hung-Hoa, des fleuves tributaires qui
« coulent de Chine et du Song-Bo ou Riviè-
« re Noire qui vient des hauteurs du Laos,
« ont une population clairsemée, et une
« distinction est ainsi nettement établie
« entre la zône prospère et la zône pauvre
« de la colonie. »

Le Tonkin est directement administré
par un Résident Supérieur dont les fonctions comportent : l'Administration Générale, la répartition et le recouvrement des
impôts, le contrôle financier, l'instruction
publique, la justice indigène, la police, les
prisons et le service médical.

Il existe en outre une direction des
Affaires civiles qui est chargée de l'examen
des affaires administratives concernant le
Gouvernement général et gouverne par
procuration en l'absence du Gouverneur
général.

* Trade and Shipping of South-East-Asia. 1901.

Ainsi que dans les Etats Malais protégés
par l'Angleterre, certains chefs indigènes
administrent nominalement leur pays sous
la direction des Résidents européens.

La sécurité est maintenant assurée par
une *garde indigène* ou gendarmerie composée d'indigènes commandés par des
officiers français et qui a été créée pour
remplacer les forces locales dans toute
l'étendue de l'Indo-Chine.

L'Administration de la justice est représentée par une Cour d'appel établie en 1898
pour toute l'Indo-Chine et qui comprend
trois Chambres, dont une résidant à Hanoi
et comprenant un Vice-président et deux
conseillers. La Chambre criminelle qui
existait autrefois à Haiphong a été supprimée et siège dans la capitale. Elle est composée de magistrats de la troisième Chambre de la Cour de l'Indo-Chine, avec quatre
assesseurs choisis parmi cinquante des
principaux colons. Il existe des Chambres
de commerce mixtes ; les Cours de première Instance sont à Hanoi et Haiphong
et se composent d'un juge président et de
deux juges élus par les Chambres de
commerce.

A l'intérieur la justice est administrée aux indigènes d'après le Code annamite par des mandarins dont les décisions, accompagnées des dépositions sont soumises à l'approbation du Résident supérieur.

Il y a également une Commission d'appel composée de trois Conseillers à la Cour d'appel et de deux mandarins.

L'Administration des Douanes est placée sous le contrôle du Directeur général des Douanes de l'Indo-Chine.

L'Instruction publique comprend des écoles primaires pour les enfants européens à Hanoi, Haiphong et Nam-Dinh, et des écoles pour les indigènes.

Une École Indigène.

La réorganisation de l'Administration et
la pacification du pays eurent pour effet de
faire renaître la confiance et d'attirer les
capitaux nécessaires au développement de
la colonie. Nous racontons dans un autre
chapitre les brillants projets de chemins de
fer élaborés par M. Doumer qui obtint les
capitaux nécessaires pour en commencer
la construction immédiate.

Toutes les villes importantes furent gra-
duellement reliées par le télégraphe, et
l'Administration des Postes et Télégraphes
bien que dispendieuse, est aujourd'hui un
des facteurs les plus efficaces et les plus
précieux du développement de la colonie.
Le service est parfait et les messages sont
envoyés dans toutes les parties de l'Indo-
Chine au taux étonnant de quatre cents le
mot ! Des routes reliant les centres importants et donnant accès au cœur du pays
furent percées, en partie par les soins des
communes des villages, et on prêta la
plus grande attention à l'amélioration
de l'agriculture.

Pour développer les magnifiques ressources naturelles du pays on encouragea tout
spécialement les sujets français à se fixer
dans l'intérieur et à installer des planta-

tions ; on cite des exemples notoires de soldats qui en quittant l'armée « échangèrent l'épée pour la charrue » et devinrent de riches colons.

Les plantations ont atteint aujourd'hui au Tonkin un développement qui surprend tous les visiteurs et leur prospérité croissante est dûe non seulement à l'intelligence, à la persévérance et à l'énergie des planteurs mais aussi dans une grande mesure aux encouragements et à l'assistance pratique que leur prodigue le Gouvernement.

Nous avons visité à Tuyen-quang sur la rivière Claire, une plantation dirigée par les frères Perrin. Nous les avons trouvés installés dans une spacieuse maison en brique, située au centre de leur domaine qui couvre une superficie de quinze milles carrés. Le Gouvernement leur a accordé d'exploiter gratuitement ce domaine à la condition que pendant une période de cinq ans ils mettent chaque année en culture uue portion déterminée de la plantation.

Au bout de cinq ans, et si ces conditions ont été remplies, la terre deviendra leur propriété et le Gouvernement recevra en

Une chute d'eau.

retour de ce don un pourcentage sur la
récolte totale. MM. Perrin frères étaient
pleins de confiance dans le succès final
de leurs travaux et exploitaient le domaine d'après des méthodes absolument
scientifiques. Un des trois frères était
capitaine de l'Infanterie coloniale et un
autre chimiste analyste breveté de l'École
de Paris.

Ils avaient un petit laboratoire bien
outillé et en construisaient un autre plus
grand. Le chimiste avait réussi à distiller
de l'eau-de-vie du café et des *letchies*,
et cette dernière qualité grâce à son goût
agréable au palais et à la popularité du
fruit trouverait en Chine un marché
certain.

Ils cultivaient la ramie, le thé, le café,
et le caoutchouc et leur café atteignait de
très bons prix.

Dans les provinces de Thai-Nguyen, Bac-
Giang, Ninh-Binh, Hung-Hoa et Tuyen-
Quang les plantations sont nombreuses et
des concessions très importantes ont été
mises en valeur par les pionniers français. Les planteurs obtiennent aisément
les conseils et l'assistance de la Direction
de l'Agriculture de Hanoï et il a été établi

dans la capitale un laboratoire d'analyse
chimique où ils peuvent obtenir des renseignements exacts sur la valeur agricole
de leurs terrains. Dans le but d'encourager les planteurs, les Chambres de Commerce de Hanoi et de Haiphong, ainsi que
la Chambre d'agriculture, leur offrent des
prix en espèces pour les meilleurs spécimens de café, thé, coton, indigo, jute et
ramie obtenus au Tonkin. En 1902, une
somme de $ 18.000 fut affectée à des prix
de ce genre. A la fin de 1901 on n'avait pas
accordé moins de 181,245 hectares de
terrains sous forme de concessions.

Au point de vue de l'agriculture indigène
la culture du riz est la principale occupation du peuple. Dans le riche Delta du
Fleuve Rouge et entre Hanoi et la côte
le pays est une vaste étendue de rizières
fertiles. Le riz constitue la principale res-
source du Tonkin et, outre qu'il subvient
aux besoins des habitants, on en exporte
de grandes quantités à Hong-kong et en
Chine. Les principaux moulins à riz appartiennent à des chinois et les Tonkinois
cultivent le sol. On dit que dans ces riches
provinces les indigènes paient des impôts
quelque peu lourds, car ils sont soumis à

une échelle mobile d'impôts et leurs rizières sont taxées suivant l'importance des récoltes.

Les indigènes s'adonnent aussi à l'élevage des vers à soie et le Gouvernement a établi à Nam-dinh un établissement pour leur enseigner les méthodes perfectionnées. La matière première est tissée sur des métiers à main indigènes de modèle chinois.

Un ordre du mérite comprenant deux classes et une décoration a été institué pour encourager la sériciculture indigène.

Les principales industries indigènes sont l'incrustation du bois noir, la sculpture sur bois et les broderies de soie. On peut acheter de beaux spécimens d'incrustation de nacre à Hanoi ou à Bac-ninh : cette dernière ville est le centre de cette industrie de l'incrustation. Le travail de boiserie de ces ouvrages est toutefois assez imparfait.

La Chambre de commerce de Hanoi, afin d'encourager ces différentes industries locales, a créé pour les indigènes une école où deux experts japonais donnent l'enseignement nécessaire.

Charbonnage de Hongay

L'avenir commercial du Tonkin et ses
possibilités de négoce avec la Chine constituent une importante question, digne
d'attirer l'attention des négociants de
Hongkong. M. Leroy-Beaulieu qui a écrit
une série d'article à ce sujet dans « l'Econo-
miste français », il y a deux ans, se montrait sceptique quant à l'utilité des projets
français et faisait remarquer que « les
« provinces chinoises qui bordent le Ton-
« kin, c'est à dire le Yunnan, le Kouang-si et
« une partie du Kouang-tung sont les plus
« pauvres de tout l'Empire ; elles sont très
« montagneuses, habitées en grande partie
« par des tribus aborigènes très primitives,
« et en outre dévastées et dépeuplées par
« les révoltes mahométanes du milieu du
« siècle dernier. Suivant des statistiques
« basées sur les informations les plus sé-
« rieuses le Kouangsi possèderait 5.151.000
« habitants, soit 26 par kilomètre carré, et
« le Yunnan 11,721,000, soit 43 par kilo-
« mètre carré, tandis que dans les autres
« provinces de l'Empire chinois la popula-
« tion serait environ de 120 habitants par
« kilomètre carré. Les marchés qu'on at-
« teindrait seraient donc pauvres et au des-
« sous de la moyenne en Chine ; il faut

« aussi prendre en considération, du moins
« en ce qui concerne le Kouang-si, la con-
« currence que ferait la route si commode
« du fleuve de l'Ouest qui se jette dans la
« mer près de Hongkong et a été récemment
« ouvert au commerce. Nanning-fu, situé
« en un point plus élevé du fleuve a été
« ajouté à la liste des ports à traité, et les
« jonques de Canton peuvent maintenant
« remonter presque jusqu'à Long-tchéou,
« le point terminus projeté de la ligne de
« chemin de fer venant de Langson. »

Ce sujet est traité à fond dans le livre
bleu sur le « Commerce et la navigation
dans l'Asie Sud-Orientale » publié en 1901
par le Gouvernement anglais. Envisageant l'accroissement continu du trafic de
la Rivière de l'Ouest, qui se fait actuellement dans des conditions très désavanta-
geuses, de nombreuses personnes ne se
montrent pas aussi pessimistes que M. Leroy-Beaulieu quant aux possibilités des futures transactions commerciales avec les
trois provinces méridionales de la Chine.
Elles sont sans aucun doute riches en minéraux, jusqu'à présent inexploités. De
plus le Kouang-tung a pour capitale la ville de Canton, le plus riche entrepôt com-

mercial de l'Empire et renferme de nombreux autres centres commerciaux importants.

M. Leroy-Beaulieu ne croit pas au succès de la ligne ferrée du Yunnan et ne considère pas comme sérieuse la proposition qui a été faite d'une ligne additionnelle reliant le Yunnan au Szechuen. Il considère que les seules Douanes françaises suffisent en elles-mêmes pour écarter du Tonkin tous les commerçants.

La commission de la Chambre de Commerce de Lyon ne partage pas toutefois l'opinion de M. Leroy-Beaulieu et estime même que les possibilités de transactions commerciales avec la Chine par la voie du Fleuve Rouge sont plus grandes que celles offertes par la Rivière de l'Ouest. Il serait intéressant de connaître les raisons qui ont amené cette Commission à juger de la sorte, car il est notoire que la voie du Fleuve Rouge est dangereuse et coûteuse, alors que celle de la Rivière de l'Ouest est maintenant remontée au delà de Wuchow-fu par des vapeurs anglais à faible tirant d'eau qui peuvent porter jusqu'à 200 tonnes de marchandises, et par de grandes jonques de commerce.

Cependant les Français ont presque a-
bandonné la vieille théorie de Francis Gar-
« nier qui disait que « si jamais le Yunnan,
« cette province riche et fermée, devait
« être ouverte à la France, ce devait être par
« le Fleuve Rouge. la grande artère du Tonkin » ; ils préconisent à la place la pénétration en Chine au moyen des chemins de
fer.

S'ils ont la sagesse d'établir un tarif de
transport bon marché et qui paraisse rai-
sonnable aux indigènes, la ligne de Yunnan-sen communiquant avec Mungtszé
et d'autres marchés importants met hors
de question la voie du Fleuve Rouge.

Comme un indigène pourra voyager de
Haïphong à Yunnansen par chemin de fer
pour $6, il semble que les Français peu-
vent compter sur le bon marché des transports pour assurer la réussite de leurs entreprises de chemin de fer.

Celle de leurs lignes ferrées qui mène à
la frontière chinoise paie maintenant de
beaux dividendes, en dépit de ce fait qu'elle
ne dépasse pas les limites du Tonkin, et si
cette ligne est prolongée jusqu'à Long-
tchéou-fou, Nanning-fou et même Wu-

chow-fou et Canton, et que les irritantes
vexations des Douanes françaises prennent
fin, cette ligne prendra une extension
considérable.

Les chiffres des transactions eommer-
ciales faites en 1901 par les différentes
villes dont les Français se proposent d'accaparer le trafic sont intéressants à citer.
Le chiffre des affaires faites avec les Européens s'élevait à Mungtszé à 6.815.273
taëls ; à Lung-tchéou à 164.494 taëls ; à
Lung-tchéou à 164.494 taëls ; à Szemao à
244.649 taëls. En 1900 le pourcentage français du commerce de Long-tchéou était
de 2.48. La population de Long-tchéou
est de 20.000 habitants, celle de Mungtszé
de 12.000, celle de Szemao de 14.000.

Le chemin de fer du Yunnan ouvrira
certainement cette province que les fonctionnaires français considèrent comme
très riche et les bénéfices sans aucun doute
justifieront les dépenses qui auront été

faites. Il est intéressant de noter à ce pro-
pos ce qu'écrivait dans son rapport pour
l'année 1900 le Commissaire des Douanes
Maritimes Impériales Chinoises.

12.

« La consommation des articles euro-
« péens augmente de jour en jour au Yun-
« nan bien qu'entravée par la cherté du
« frêt, la difficulté des transports par des
« chemins de montagne bordés de précipi-
« ces et par la présence d'une population
« misérable et souvent perfide.

« Mungtzé est l'entrepôt des marchandises
« européennes pour la plus grande partie
« du Yunnan, province de hauts plateaux
« située au sommet d'un triangle dont la
« base est formée par les marchés rivaux
« de Hongkong, Haiphong et Rangoon.
« Le stock de consignations a été pres-
« qu'entièrement distribué, transporté par
« 75.227 mulets jusqu'aux principaux mar-
« chés du Yunnan, les provinces de
« Szechuen et de Kwei-tcheou ne prenant
« respectivemant que 5 et 4% de la totalité
« du commerce de transit de Mungtzé. Les
« deux provinces adjacentes prenaient
« principalement des cotons filés et quel-
« ques articles de cotonnades à la pièce.
« La principal trafic du Yunnan consiste
« dans l'échange de l'opium et de l'étain
« contre des marchandises européen-
« nes. Ces deux articles qui constituent en
« pratique la totalité du commerce d'ex-

« portation sortent du pays dans les pro-
« proportions respectives de 18 et 81 pour
« cent les autres produits indigènes attei-
« gnant à peine 1 pour cent de la totalité du
« commerce d'exportation.

L'étain vient comme toujours en tête
avec 48,710 piculs estimés à 1,939,471 HK.
taëls contre 45,146 piculs estimés à
1,510,093 pour 1899. La production de 1900
est la plus importante qu'on ait jamais
enregistrée, bien que le manque de pluies
ait gêné, dit-on, les opérations d'extraction.

L'étain, étant le moyen de paiement
usuel pour les sommes dûes aux négociants de Hong-kong, influence le cours
local de l'argent et les prix de toutes les
marchandises. Aux mines mêmes il sauta
de 42 taëls à 48 taëls, soit le double de sa
valeur en 1894 et se vendit encore avec
bénéfice à Hong-kong.

Par conséquent la condition de réussite
du commerce de transit des produits de la
Chine à travers le Tonkin est la suppression par les Français de leur système
actuel de vexations douanières et l'adoption d'un tarif bon marché pour le transport des marchandises par voie ferrée.

Sur la Fleuve Rouge : Notre sampan.

Une jonque de passagers.

J'examine dans un autre chapitre quelles seraient pour le commerce anglais les conséquences de cet état de choses.

Quant au commerce du Tonkin en général j'en ai parlé dans le chapitre sur Haiphong et il est difficile d'obtenir des chiffres précis. L'opinion des marchands européens de Haiphong et de Hanoi est que les affaires augmentent chaque année et que le Tonkin, au point de vue commercial a devant lui un brillant avenir.

Ils sont convaincus que si on ouvrait le pays au négoce étranger le commerce prendrait un essor considérable.

LES INDUSTRIES.

Les industries au Tonkin sont, à part quelques exceptions, purement locales et sans importance. Elles sont tout à fait à leur début, le Tonkin entrant maintenant seulement sur la scène des industries locales.

La principale exception est la Compagnie des Mines de Hongay, appelée

« Société Française des Charbonnages du Tonkin ».

Nous avons déjà dépeint les autres industries dans nos descriptions de Hanoï et de Haïphong. Un fait assez curieux à signaler c'est que les « Charbonnages », comme on les appelle généralement, ont été lancés par des Anglais, avec des capitaux anglais, mais sans beaucoup de succès.

Les charbonnages de Hongay sont situés dans la magnifique baie d'Along, et on a mis à l'étude un projet préconisant l'ouverture d'un canal de Hongay à Haïphong et la transformation de Hongay en port de commerce. Les autorités militaires avaient d'abord décidé de fortifier Hongay et d'en faire une station navale de première classe, mais la supériorité de Kouang-tchéou-Wan, ultérieurement pris à bail par la France les détermina à modifier leur plan et à fortifier ce dernier port.

Toutefois son importance comme station de charbon pour la flotte française et ses alliés a fait décider sa transformation en station navale de deuxième classe et elle sera fortifiée en conséquence.

Hongay est une des rares mines de charbon à ciel ouvert du monde entier et contient des collines entières de charbon. La
Compagnie qui l'exploite est maintenant
établie sur des bases solides et ses bénéfices croissent chaque année. Une concession de charbonnages fut accordée en 1887
à une compagnie qui fut constituée à Hong-
kong, sous l'égide des lois françaises, par
Sir C. P. Chater, Mr. H. N. Mody, et M.
Bavier-Chaufour, le concessionnaire. La
Direction technique était entièrement
française. Les commençements de la Compagnie furent très précaires et, au bout de
quelques années le capital fut porté à
500.000 piastres au moyen d'une émission
d'obligations. Cette somme fut elle-même
absorbée, et on dut chercher de nouveaux
capitaux qui furent fournis par les deux
directeurs de Hongkong. Les actions
tombèrent à 40 piastres et, finalement, après
de longs pourparlers, un syndicat parisien
consentit à acheter l'affaire, et prit la
direction des mains des administrateurs
de Hongkong.

Cette réorganisation fit faire à la Compagnie de rapides progrès, à un tel point
qu'aujourd'hui les 16.000 actions de 250

francs sont cotées 550 piastres sur le marché de Hongkong. Les demandes de charbon ont augmenté et la Compagnie des Messageries Maritimes et la marine française consomment de grandes quantités de briquettes. Les chemins de fer de l'Indo-Chine emploient aussi exclusivement des briquettes. Ce charbon est dur, comme le charbon d'Amérique, et anthracitique. La Compagnie a payé en 1901 aux actionnaires un dividende de 24 pour cent et ne peut dès maintenant suffire aux importantes demandes de charbon qui lui sont faites. L'exportation de Hongay du charbon en poussière ou en bloc sera cette année, d'après les prévisions, de 350.000 tonnes. Les terrains houillers sont inépuisables et il y a là des montagnes de charbon avec des couches de 70 à 80 pieds d'épaisseur.

Les charbonnages de Kebao, près de Hongay, étaient également exploités par une compagnie dont la Direction était à Paris, mais elle ne réussit pas et on cessa les opérations.

Comme conclusion à ce chapitre une traduction du Budget de l'Indo-Chine pour 1902 peut être intéressante ;

BUDGET GÉNÉRAL DE L'INDO-CHINE
1902.

Recettes.

Produit des Douanes. . . .	$ 6,250,000
Contributions indirectes et des régies.	17,600,000
Cadastre, timbre.	1,027,000
Postes et télégraphes, téléphones.	461,000
Chemins de fer.	283,000
Forèts.	291,000
Intérèt du capital.	1,230,000
	$ 27,142,000

Dépenses.

Gouvernement général. . . $	255,000
Direction des Affaires Civiles.	126,000
— des Finances. . .	79,000
Direction de l'Agriculture et du Commerce.	92,000
Services Militaires	4,870,000
— de la Marine. . . .	422,000
— Judiciaire.	759,000
— de la Police. . . .	208,000

Administration des Douanes.	5,351,000
Administration des Postes et Télégraphes.	1,589,000
Trésor.	69,000
Enregistrement, Cadastre, Timbre.	2o8,000
Service des Forêts.	177,000
Service géographique. . . .	1oo,000
Travaux Publics.	4,444,000
Chemins de fer.	455,000
Etablissements scientifiques.	235,000
Résidences et Etablissements en Extrême-Orient	365,000
Subventions et dons à la marine marchande.	943,000
Transports.	42o,000
Divers.	1,224,000
Remboursement annuel des emprunts.	4,737,000
	$ 27,128,000
Excès des recettes sur les dépenses.	$ 14,000

CHAPITRE VIII.

Voyage dans la Haute-Région

Le voyage d'Haiphong à Hanoi peut s'effectuer partie en bateau partie en chemin de fer, ou bien le visiteur peut monter dans le train à Haiphong pour arriver cinq heures plus tard à Hanoi. De même que le sud-ouest de la Chine, le riche delta du Tonkin est sillonné de cours d'eau sur lesquels sont situés plusieurs importants centres d'affaires indigènes et des stations militaires que la paix a transformés en entrepôts pour les colons industrieux.

Le facteur le plus important dans le développement du Tonkin consiste dans l'excellente flotille de vapeurs de rivière dénommée « Service Subventionné des

Correspondances Fluviales au Tonkin » et qui appartient à MM. Marty et d'Abbadie.

La Direction de cette Compagnie est à Haiphong et ses bureaux constituent le plus imposant édifice commercial du-port, de même que ses chantiers de constructions navales où ont été construits plusieurs de ses steamers sont la plus importante industrie de ce genre au Tonkin. L'affaire est personnellement dirigée par les deux chefs de la maison, à l'énergie et l'habileté commerciale desquels elle doit sa prospérité. Les vapeurs de cette Compagnie assurent les communications avec l'intérieur du pays et transportent les troupes et les voyageurs ; ils convoient les courriers et les marchandises jusqu'aux parties les plus reculées de la colonie, et aux endroits où le lit des rivières n'est pas assez profond pour livrer passage à ces bateaux qui ont une roue à aube à l'ar. rière et calent deux pieds d'eau, le service est assuré par des chaloupes indigènes appartenant à la Compagnie ou à d'autres qui en dépendent. La flotille est subventionnée par le Gouvernement, les bateaux sont bien aménagés et offrent un confortable qui surprend lorsqu'on considère les di-

mensions restreintes de certains d'entre
eux. La Compagnie publie annuellement
pour la commodité des voyageurs un Gui-
de qui contient les renseignements indispensables et une carte en couleurs indi-
quant les trajets parcourus par ses vapeurs.

Lorsque nous nous sommes rendus à
Hanoi nous nous étions embarqués à 8
heures du soir à Haiphong et avions trouvé
le bateau bondé de passagers. Plusieurs
d'entre eux avaient eu la précaution de
retenir leur cabine à l'avance, et nous
eûmes le choix de coucher sur une ban-
quette du salon ou sur le pont.

Nous nous arrêtames à ce dernier parti,
mais une lettre personnelle de M. d'Abbadie nous assura finalement une cabine
dans une partie éloignée du bâtiment,
bien que le commissaire, agent qui
remplit à la fois les fonctions de capitaine et celles de comptable, nous
eût effrontément assuré, ainsi qu'à d'autres passagers désappointés, qu'il n'y avait
plus une seule cabine disponible. L'air de
parfaite franchise de cet homme dans des
circonstances aussi difficiles le désigne
pour un avancement tout indiqué.

Le prix de la cabine était de $3 et elle était
naturellement petite et très chaude, mais
pour une nuit cela n'avait pas d'importance.
Notre indifférence de spartiate devant tous
les désagréments que nous endurâmes par
la suite était dûe peut-être à notre expérience initiale de la vie d'hôtel à Haiphong.
Nous avons eu la mauvaise fortune d'arriver dans cette ville alors qu'elle était plei-
ne de fonctionnaires et de leurs familles
changeant de postes, et la seule faveur que
nous pûmes obtenir fut de coucher sur le
plancher de la salle à manger réservée du
principal hôtel de la ville.

Il y avait sept autres personnes dans le
même cas. L'administration de l'hôtel fit
certainement de son mieux pour nous donner un peu de confortable, mais les moustiques déployèrent toute leur énergie pour
le mitiger.

Avez vous jamais connu par expérience le moustique de Haiphong? J'ai été en
proie à la voracité du « tigre » dans le golfe
de Tartarie et de ses parents aux Philippines où, en certains endroits, les soldats espagnols en sentinelle étaient obligés de
protéger leur visage avec leurs mains; j'ai
également été en butte aux attaques de cet

envahisseur musical dans un wagon de chemin de fer japonais pendant la nuit, et à celles de l'espèce particulière aux : Straits Settlements ; mais l'anophèle de Haiphong est un monstre d'une voracité sans rivale. Nous n'avons pas dormi une minute au milieu des agonies silencieuses de cette dernière nuit. Nous nous couvrîmes le visage avec l'épaisse couverture grise, au risque d'être étouffés, mais de façon ou d'autre les bestioles haiphonnaises se glissaient dessous ou piquaient au travers. Nous fûmes obligés de tourner le commutateur et de garder le gros ventilateur électrique en mouvement toute la nuit au dessus de nos têtes, mais leur bourdonnement joint à l'accompagnement nasal d'un voisin qui ronflait vigoureusement, couvrait presque celui du ventilateur.

Finalement nous nous assîmes et attendîmes jusqu'à l'aube qui seule nous apporta quelque soulagement. On n'est certainement pas encore pénétré au Tonkin de la théorie sur la malaria des moustiques car il existe partout à Haiphong et à Hanoi des marais stagnants qui sont de véritables nids à moustiques et qui nous feraient trembler. Le Tonkin est un pays qui fournirait aux

Sur la Rivière Claire: Le lieu d'un désastre.

théoriciens de la « malaria des moustiques » un splendide terrain d'opérations où
ils pourraient se faire mordre à leur aise
dans l'intérêt de la science. Tout Comité
impartial de l'Exposition de Hanoi devrait
concéder les plus hautes récompenses aux
anophèles du Tonkin. Ceux que j'ai ren-
contrés ailleurs méritent seulement une
mention honorable.

Bateau de transport indigène.

Nous ne devons pas passer sous silence
l'excellent déjeûner qui nous fut servi
dans notre cabine, au cours des voyages
que nous avons faits à bord des vapeurs
des Correspondances fluviales nous avons
toujours eu une excellente nourriture. Il

13.

est merveilleux que sur quelques uns des
plus petits steamers qui transportent seulement une demi-douzaine de passagers de
première classe on puisse préparer d'aussi
bons repas. Le visiteur n'a pas besoin de
se préoccuper de ses repas au Tonkin ; les
Français veillent soigneusement à cette
question.

Nous arrivâmes à Dap-Cau à 5 heures
du matin le jour suivant et après avoir pris
une tasse de café nous débarquâmes et
montâmes dans le train à la station située
au bord du fleuve, le long de l'apponte-
ment. Cette ligne est un court embranche-
ment détaché de la ligne principale de
Langson.

Dap-câu est principalement connu par la
grande fabrique de tuiles et briques de
MM. Blazeix et Cie. La station actuelle consiste en un vieux bureau situé au flanc
d'une voie de déchargement répondant à
toutes les nécessités et dirigé par un chef
de poste annamite.

Le train qui était traîné par une petite
machine du type en usage actuellement
sur la seule ligne de Langson se composait d'une douzaine de wagons environ

Les passagers ont le choix entre quatre
classes de voitures, dont la dernière consiste en wagons sans sièges pour les indigènes qui ne peuvent payer le tarif des troisi-
èmes. La première classe est confortable
et les voitures sont à corridors avec des
sorties à chaque extrémité. Elles sont bien
aménagées, bien tapissées et contiennent
un lavabo. Elles sont construites en France
d'après un modèle américain. Les prix de
chemin de fer sont très raisonnables et le
voyage en première de Dap-Câu à Hanoi
coûte $ 2.50 ; le trajet dure environ 1 heure
20 minutes et le train marche à une vitesse
modérée, environ 20 milles à l'heure, et
arrête à chaque station. Les indigènes se
servent couramment du chemin de fer et
voyagent à très bas prix.

Le paysage que nous traversions rappelait les plates contrées de rizières du
Yangtze. Des champs de riz s'étendaient
de chaque côté du train à perte de vue,
une mer de verdure éclatante, coupée
seulement par des bouquets d'arbres de
nuance plus sombre entourant des ha-
meaux indigènes et à travers lesquels
perçaient les pignons et les toits des
fermes annamites. Parallèlement à la

ligne court une petite route sur laquelle
on aperçoit occasionellement un pousse-
pousse, relique de la locomotion ancienne
ou un groupe d'indigènes enthousiastes,
avec des étendards, de l'encens, et des of-
frandes, adorant leur divinité dans quelque
pagode en ruines. Un fortin percé de
meurtrières et démantelé, d'une allure
agressive avec sa forme carrée et rigide,
rappelle les luttes des temps passés, alors
que Tonkinois et Pavillons-Noirs résis-
taient aux Français envahisseurs. Les femmes et les jeunes garçons travaillaient avec
ardeur en plein air, généralement arrosant
les champs de riz au moyen d'épuisettes en
osier munies d'une corde à chaque extrê-
mité qu'ils laissaient tomber alternative-
ment dans le marais et déversaient dans le
champ situé au dessus au moyen d'un
mouvement rythmique de va et vient, s'ar-
rêtant seulement pour regarder passer le
train. Dans les stations la scène rappelait
celles des gares du Japon. Il y avait là des
agents de police indigènes de service, pleins
de dignité, dans leurs coquets uniformes;
des hommes d'équipe annamites dirigés par
le chef de gare indigène en turban et robe
noire. La foule des villageois, la bouche

bée, regardant arriver les voyageurs, et les éventaires des marchands ambulants de victuailles et de fruits. La station se compose généralement d'un grand bâtiment simple et sans prétention avec des dépendances, entouré lorsqu'il est habité par des Européens d'un jardin plein de fruits savoureux et de belles fleurs ; et le puits avec sa poulie complète un tableau qui rappelle des visions de station de campagne au pays natal. L'horloge de la gare, le cadre aux avis et le tableau des télégrammes sur lequel on colle chaque jour les dernière nouvelles d'Europe de l'Agence Havas, tout y est.

En approchant d'Hanoi, les rizières cèdent la pla e à des jardins potagers dont les produits alimentent les marchés de la ville.

On trouvera dans un autre chapitre la description du voyage de Hanoi à Dong-Dang sur la frontière chinoise.

Si le visiteur désire se faire une idée de la vie qu'on mène sur la rivière, il peut faire une très intéressante excursion à Viétrie, à la jonction des trois rivières, et de là à Chobo, sur la Rivière Noire ou à

Tuyen-Quang sur la Rivière Claire. Nous
quittâmes Hanoi à 11 heures du matin sur
un vapeur de rivière, en route pour Tuyen-
Quang et Chobo. Le vapeur qui fait le
trajet de Viétrie est grand, commode et
admirablement installé. La montée du
Fleuve Rouge est très intéressante ; ce
cours d'eau est large, peu profond, et

Radeau en bambou.

ses rives sont bordées de villages indigènes et de rizières.

De nombreux et vastes radeaux de bambous descendent le courant, surmontés de
huttes d'osier dans lesquelles vit l'équipage. On atteint à 3 heures du soir la

station militaire historique de Sontay mais
on ne peut du bord en apercevoir grand
chose, à part les groupes de soldats et
d'indigènes qui se massent sur la rive escar-

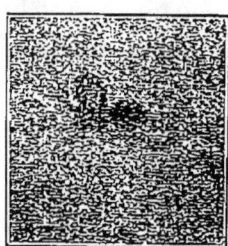 pée dans l'attente du
steamer. Il n'y a pas de
débarcadère et les pas-
sagers doivent gagner
la terre ferme au moyen
de quelques plan-
ches peu rassurantes.

On croise de temps à autre, descendant
au fil de l'eau, des images grossières d'animaux en papier montées sur de petits
radeaux et qui sont apparemment des of-
frandes faites par les indigènes aux divi-
nités du fleuve. On atteint à 6 heures du
soir la ville de Viétrie, centre militaire de
quelque importance. Il y a là une nombreuse population indigène qui vit dans
des huttes d'osier élevées sur des radeaux
amarrés à la rive du fleuve. Le quartier
européen est un pittoresque petit emplacement contenant un certain nombre de
confortables *bungalows*, occupés pour la
plupart par les officiers de la garnison.
Il y a un bureau de la Compagnie des
Fluviales, et tout à côté un petit hôtel

haut d'un étage, à la disposition des voyageurs, principalement des fonctionnaires civils et des planteurs de passage. Un village indigène s'est élevé autour du quartier européen et presque chaque hutte contient un petit débit de boissons pour tenter les soldats français.

Viétrie est situé au point de jonction de la rivière Claire, du fleuve Rouge et du fleuve Noir et sera bientôt un centre important étant placé sur le trajet de la ligne de Hanoi à Laokai et au Yunnam.

On était en train de construire au dessus de la rivière Claire un magnifique pont en acier.

Nous passâmes cette nuit dans le modeste petit hôtel et nous embarquâmes au point du jour pour Tuyèn-Quang sur un minuscule bateau à aubes.

Le bateau comportait une installation pour quatre passagers de première classe et nous étions huit, avec une demi-douzaine de sous-officiers et environ trente fantassins annamites. Un long et étroit radeau portant les passagers indigènes et leur bagage était attaché au flanc du vapeur.

Le voyage en bateau à roues sur la rivière Claire ne manque ni d'intérêt ni de charme. Le paysage est vraiment ravissant et plus on remonte plus l'aspect devient grandiose et sauvage.

Débarcadère à Sontay.

D'immenses collines encaissent la
rivière et la frondaison est presque tropi-
cale tant elle est dense. On franchit occasionellement de petits rapides et le vapeur
passe à quelques centimètres de vilains
écueils tranchants, tandis que l'équipage
se tient prêt à les éviter avec des gaffes en
cas de besoin.

La Rivière Claire est large mais peu profonde ; à des intervalles très rapprochés
le capitaine indigène fait siffler la sirène
et deux hommes de l'équipage se tenant à
l'avant, armés de perches en bambou sur
lesquelles sont graduées des mesures, son-
dent et crient aussitôt la profondeur.
Soudain un bruit inquiètant se fait enten-
dre et le vapeur touche le fond de sable.

On renverse la vapeur, généralement
sans résultat, et l'équipage essaie de
démarrer avec les gaffes. Voyant que leurs
efforts sont vains quelques hommes sau-
tent dans un sampan et vont à quelque
distance jeter une ancre ; ils remontent à
bord et mettant le cabestan en mouvement,
hâlant sur l'ancre dans l'espoir de dégager
le bateau. Cette manœuvre réussit souvent mais pas toujours et plusieurs
fois les hommes durent se mettre à l'eau

et essayer de dégager l'avant du vapeur
ou bien à force de bras de le pousser en
eau profonde. Ce spectacle est tout d'abord
amusant et intéressant mais à la longue il
devient monotone et dans la chaleur d'un
jour sans brise est des plus incommodes.
Nous échouâmes un jour huit fois de suite,
nos plus longues pannes étant de cinq et huit

Un sondages

heures, et le bateau pût seulement être
remis à flot en eau profonde en transportant les passagers et les bagages sur le

radeau indigène qui naviguait bord à bord
et en battant le sable mou au moyen de la
roue à aubes. En vérité les Correspondances fluviales devraient payer une location de terrains pour certaines rivières de
l'intérieur car elles en occupent fréquemment le fond.

Il en résulte que le voyage est quelque-
fois prolongé de quelques jours, mais il
ne s'ensuit pas d'augmentation de tarif et
les repas sont fournis sans frais addition-
nels ; en résumé c'est un arrangement
très équitable et très bien compris.

Emplacement d'une bataille.

C'est presque un évènement important
pour les habitants des stations de l'intérieur lorsque le sifflet de la sirène annon-
ce l'arrivée du vapeur amenant passagers

et courrier. Toute la population. française
et indigène sort en foule et s'aligne sur la
rive. Tel était particulièrement le cas à
Phu-Doan où nous relachâmes toute la
nuit, les passagers qui n'étaient pas des-
cendus à terre dormant sur le pont. Près
de Hoa-Muc on nous montra un monu-
ment élevé à la mémoire de 800 soldats
français massacrés, dit-on, dans une em-
buscade, par 30.000 Tonkinois et Chinois
qui les avaient cernés. On nous conta de
nombreuses autres légendes de batailles
fameuses dans les annales du Tonkin,
mais le chiffre des effectifs engagés et tués
diffère quelque peu des rapports dignes
de foi.

Il s'est toujours échappé quelqu'un de ces
batailles sanglantes pour les raconter et le
temps et la transmission des détails ont
grossi et consacré ces récits. Ces exagéra-
tions me rappellent l'histoire des contre-
bandiers dans « Le lac de Gers » de Topffer.
On y raconte comme quoi dix-huit contre-
bandiers marchaient en file indienne transportant sur le dos des sacs pleins de poudre,
lorsque le dernier de la file, sentant que
son sac devenait de plus en plus léger, le
posa à terre et s'aperçut qu'il fuyait. Il

Rapide sur la Rivière Claire.

vit sur le sentier la traînée de poudre ré-
vélatrice et craignant qu'elle ne fût aper-
çue des douaniers il fit faire halte et, lais-
sant là son sac, revint sur ses pas pendant
quelques kilomètres jusqu'à ce qu'il eût
atteint le commencement de la traînée
de poudre. Là, il s'arrêta pour essuyer la
sueur qui coulait de son front et, saisi
d'une idée lumineuse, il mit le feu à l'ex-
trèmité de la traînée de poudre dans le but
de la faire disparaître rapidement. C'était
un plan excellent mais à la condition que
ses camarades ne se soient pas trouvés à
l'autre bout attendant son retour avec leurs
dix-sept sacs de poudre. Il en résulta une
explosion violente dans laquelle disparu-
rent les dix-sept compagnons, mais le dix-
huitième s'échappa pour raconter l'histoire!

Je ne dis pas celà toutefois pour dimi-
nuer les nombreux et brillants faits d'armes accomplis par les Français au Tonkin
pendant leur conquète de ce pays et qui
ont été rapportés dans un ouvrage récemment publié.

La défense héroïque de Tuyen-quang
compte comme un des plus beaux faits
d'armes des annales militaires modernes
de la France.

Nous traversâmes une gorge profonde à l'entrée de laquelle se trouvait, perché sur une éminence, un pittoresque *bungalow*. Cette maison portait le nom d'un certain

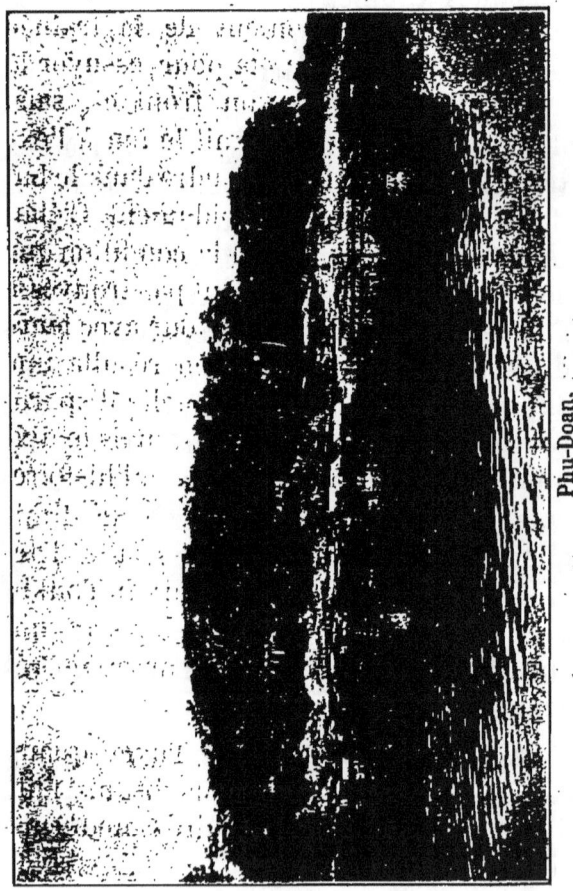

Phu-Doan.

lieutenant Diah qui au temps où l'on se
battait, était enfermé avec une poignée
de Français dans un fort du voisinage
cerné par 40.000 démons hurlants. En
homme d'habitudes régulières il avait
coutume de se rendre chaque soir sur
une terrasse d'où il tirait posément, tout
en dégustant son verre de liqueur, sur les
assiégeants chinois. Comme il était excellent tireur ses ennemis n'apprécièrent
pas son empressement soutenu à s'occu-
per d'eux et ils le guettèrent un soir jusqu'à ce que la fumée de sa carabine leur eût
indiqué l'endroit exact d'où il tirait sur eux.
Ils approchèrent alors à portée de fusil, et
lorsqu'il se découvrit pour voir ce qu'il avait
tué ils l'accueillirent par un feu de salve.
Il fut tué, et ses compatriotes perpétuè-
rent sa mémoire sous cette forme pratique.

Pour nous sauver de l'ennui on nous
montra les rochers contre lesquels un
steamer vint précédemment se briser et
sombra à quelques mètres du rivage par
quatre-vingt dix pieds d'eau. Plusieurs passagers français avec leurs femmes et un
grand nombre d'indigènes furent noyés :
une somme de $90.000 fut également per-

due et ne fut jamais retrouvée ; un autre
banc de sable marquait l'endroit où une
cannonière s'échoua et coula à pic. Les colons abondaient en anecdotes sur ces
parages dangereux et nous ne contestâ-
mes jamais leur authenticité, bien que
réservant notre jugement.

citadelle de Tuyên-quang

Les abords de Tuyen-Quang sont vraiment
admirables avec leurs nombreux rapides
et le petit vapeur n'hésite pas à virer sur
lui-même à une effrayante proximité des
rochers. Mais on les évite en toute sécurité grâce à l'étonnante habileté du capitaine
indigène et nous jetâmes l'ancre le long de

ce poste retiré, à l'ombre d'une magnifique chaîne de montagnes. D'ici le voyageur peut visiter A-Yang sur la rive chinoise en prenant passage sur un des bateaux d'une Compagnie indigène dont le propriétaire est M. Audran. Le voyage est intéressant.

Une rue à Tuyên-Quang

car on ne passe pas moins de 45 rapides ; on met vingt-deux jours pour remonter le fleuve et deux jours pour le descendre.

Au dessus de Tuyên-quang, sur le bord
opposé et sur la crête d'une colline élevée,
on aperçoit un fort français. Il y a également
une vieille citadelle dont les murailles et les
portes sont défendues par des mitrailleuses,
un petit jardin public avec un kiosque à
musique ; un détachement de la fameuse
Légion étrangère ainsi que de l'artillerie et
des troupes indigènes y tiennent garnison. La ville possède un grand nombre de
maisons européennes, un couvent, des
boutiques, des magasins indigènes et un
petit marché ! Les plantations sont prospères dans ce district.

En retournant à Viétrie le même vapeur
se dirige vers Chobo, sur la Rivière Noire,
où le paysage est encore plus beau. On peut
faire d'autres excursions, une entre autres
à Laokay, sur un bateau indigène des
Correspondances fluviales, l'eau étant trop
basse la plus grande partie de l'année pour
qu'un vapeur puisse remonter la rivière.
Dans quelques années les différentes lignes ferrées relieront les villes intéressantes et importantes de l'intérieur avec
la capitale, et les voyages, tout en étant
alors moins pittoresques, s'effectueront
beaucoup plus rapidement.

L'excursion la plus attrayante et la plus
commode est celle de la Baie d'Along, à
Hongay, un des plus charmants endroits
de l'Extrême-Orient.

Notre ami le batelier

Ou peut aussi visiter avec les vapeurs de
la même compagnie, Hué et Tourane.

Nous manquâmes le vapeur de corres-
pondance à Viétrie et descendîmes le

fleuve Rouge jusqu'à Hanoi sur un petit
sampan quittant Viétrie à 2 heures du soir
pour arriver à Hanoi le jour suivant à 4
heures 30 de l'après-midi.

Comme le voyage était long il était
nécessaire de donner à notre batelier un
stimulant de circonstance et il se mit très
rapidement à la bière. N'ayant pu pendant
toute une semaine ni prendre un bain, ni
changer de linge nous fûmes heureux de
passer de nouveau les portes hospitalières
de l'Hôtel Métropole.

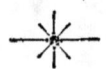

CHAPITRE IX.

Généralités.

---

*M. Doumer. — Sa politique. — Avanta_*
ges des chemins de fer de pénétration en
Chine. — Ce qui nous manque. — Opinion
de M. Doumer. — L'appui de l'Etat. —
Activité maritime des Français. — Les Ton-
kinois. — Les affaires municipales — Le
protectionnisme au Tonkin.

Le nom de M. Doumer, qui récemment
encore était Gouverneur Général de l'Indo-
Chine française, revient fréquemment dans
les pages précédentes, mais cette répétition était inévitable car les progrès accomplis par le Tonkin datent du jour où
cet habile, ambitieux et énergique fonctionnaire prit en mains ses destinées à une
période de transition.

Non seulement le Tonkin, mais l'Indo-
Chine toute entière doivent beaucoup à M.

Doumer qui au cours d'une administration de cinq années mit en valeur les richesses de la colonie, consolida sa puissance et agrandit son domaine. Cette grande colonie qui est en résumé une confédération de protectorats, fait valoir à juste titre qu'elle se suffit à elle-même, et à l'appui de ce dire elle fournira en 1903 pour ses travaux de défense une contribution militaire de 12.500.000 francs.

Sa prospérité ira chaque année en augmentant si elle continue à être bien administrée,

De nombreux compatriotes de M. Doumer lui ont fait une vigoureuse opposition, mais plutôt dans un but politique qu'avec l'intention de déprécier son œuvre.

Ces fonctionnaires français qui désirent le maintien du « statu quo » dans la Chine méridionale l'ont vu partir avec un soulagement manifeste. C'est lui qui inaugura dans le sud de la Chine une politique d'activité agressive et la conclusion du traité anglo-japonais constitue un échec incontestable pour l'accomplissement de son programme dont les données n'ont pas toujours été approuvées par le le Ministre de France à Pékin..

M. Doumer a devant lui un brillant avenir;
il débuta à Paris comme compositeur typo-
graphe et grâce à son énergie soutenue
et à sa grande capacité, devint par la suite
un homme politique écouté ; en qualité
de radical avancé, il harcela sans cesse le
Gouvernement qui, pour s'en débarrasser,
le nomma Gouverneur de l'Indo-Chine.
Un journaliste français qui le con-
naissait bien nous l'a décrit comme possédant « toutes les caractéristiques d'un Anglais » C'est un travailleur merveilleux,
décidé à réussir et qui croit d'une façon
pratique à la nécessité de l'expansion coloniale française. S'il devient jamais ministre des affaires étrangères il se signalera
par une politique extérieure agressive car
il professe que, « pour être grande, une
nation doit toujours s'efforcer de devenir
plus grande encore ».

Bien que M. Doumer ait quitté le Tonkin,
les résultats de ses travaux dans ce pays
sont très palpables et le deviendront encore davantage lorsque ses plans auront été
mis à exécution. Les chemins de fer res-
teront comme un témoignage éloquent de
la sagesse de son administration et leur
extension projetée dans les provinces de la

Chine méridionale donnera à la France, si
elle est menée à bonne fin, une avance formidable. Avec, et même sans l'appui géné-
reux que le Gouvernement français accor-

Un paysage de la Rivière Claire

dera certainement aux syndicats de ce chemin de fer on peut s'attendre en toute confiance à ce que ces différentes lignes ferrées constituent des placements commerciaux avantageux. Tout le monde partagera
l'opinion de M- Taylor, Secrétaire de la
Statistique des Douanes Maritimes, Impériales Chinoises, lorsqu'il déclare que « l'expérience a déjà prouvé que les chemins
de fer en Chine sont avidement utilisés et
que les affaires augmentent partout où ils
passent ».

La nomination d'un fonctionnaire tel que
M. Doumer et celle également de son successeur M. Beau, dernièrement encore à
Pékin, sont incontestablement significati-
ves pour les Anglais. La coopération active
de Pékin et de Hanoi peut contribuer à
augmenter considérablement le prestige et
l'influence de la France dans le Sud de la
Chine, et si M. Beau se montre aussi énergique et aussi progressiste que son prédécesseur, les Anglais devront secouer leur
léthargie s'il ne veulent pas avoir à subir
les conséquences de leur inactivité en face
de rivaux actifs et déterminés.

Nous avons une tendance à nous reposer
outre mesure sur la forte position que nous

occupons à Hong-Kong et sur les avantages
que nous procure le voisinage de Canton :
mais les Français, qui ont déjà occupé une
partie du Kouang-Tung, ont fait tous leurs
efforts pour obtenir à Canton une nouvelle
concession séparée des autres et peut être
même à l'heure actuelle ont ils atteint leur
but. Lorsqu'ils posséderont une ligne de
chemin de fer effective dont la tête de ligne
sera située au Tonkin il peuvent nous porter
un coup très dur dans les parages immédiats
de nos propres possessions. A en juger d'a-
près l'intérêt qu'on attache à cette question
dans les cercles officiels et commerciaux de
Hong-Kong, la ligne française de Lang-Son
à Canton est plus près de devenir une
réalité que la ligne anglaise de Kowloon à
Canton. Contrastant avec l'inactivité dont
font preuve les autorités de Hong-Kong en
matière de chemins de fer, le Gouvernement des Détroits est en train de faire construire une ligne qui traversera l'île de
Singapore.

Il ne devrait pas en être ainsi et un écrivain d'une revue de Londres « The Outlook,
24 Mai 1902 » faisait remarquer dernièrement à juste titre que « les chemins
de fer sont en Chine les facteurs prin-

cipaux de toute puissance. C'est du chemin
de fer que procèdent toute influence militaire et toute action politique efficaces. Les
navires ne suivent pas plus naturellement
un courant que la politique ne suit la
ligne d'un réseau de voies ferrées.
Il est par conséquent de la plus grande importance d'empêcher que le contrôle des
lignes principales ne passe des mains de la
Chine dans celles d'autres Puissances ». Il
est également indispensable de ne pas
souffrir que la construction de nouvelles
lignes situées presque à nos propres portes
soit confiée à des nations rivales.

Les syndicats français possèdent le
grand avantage que leurs entreprises sont
soutenues dès le début par leur Gouvernement et généralement subventionnées.

Etant donné que chez nous nous ne
pouvons pas compter sur de tels subsides,
nous ne tablons que sur un solide esprit
d'initiative commerciale secondé par la
coopération bienveillante et pratique
de nos fonctionnaires. Il n'y a pas de
raison pour que le Gouvernement de
Hongkong ne suive pas l'exemple du Gou-

vernement des Straits Settlements et ne
construise la ligne Kowloon-Canton.

Ce qui est nécessaire, c'est une amélioration rapide et sérieuse de notre personnel
consulaire dans le sud de la Chine ; il faudrait également que le Gouvernement de
Hongkong, toutes les fois que cela est
possible, travaillât de concert avec le Consulat Général de Canton, ce qui n'a pas
précisément lieu pour le moment. Ils trouveraient tous deux assez d'opportunités
de coopérer utilement. Bien que le territoire de notre colonie de Hongkong soit
limité, nous avons besoin d'un Gouvernement ferme, capable et progressiste, c'est
à dire tout autre chose que ce que nous
avons eu jusqu'à présent Tandis que notre
corps consulaire du sud de la Chine est
pour la plupart du temps, et à part quelques exceptions, inexpérimenté et faible,
il en est tout autrement du côté français,
les réclamations des Anglais habitant la
Chine méridionale devraient être prises en
considération par la Légation d'Angleterre
à Pékin

Dans cet ordre d'idées il est utile de faire
connaître quelques remarques récemment

faites par M. Doumer, car elles nous
montrent que nos voisins ont également
conscience de cette nécessité :

« Je sais ce que notre pays doit faire en
Indo-Chine, et je reviens de cette colonie
avec une notion plus nette de nos intérêts au
loin. Lorsqu'un homme a passé quelques
années dans cet Extrême-Orient où se
joueront un jour ou l'autre les destinées de
l'Europe, il comprend qu'il ne nous est pas
possible de continuer une politique d'effacement nuisible à notre prospérité et à
notre expansion. (?) Il y a maintenant une
lutte constante entre les intérêts rivaux
et elle n'est pas à notre avantage. Certes
nous sommes aussi énergiques que jamais ;
nous sommes les mêmes hommes, mais
nous n'avons plus confiance en nous
mêmes. Nous agissons comme si nous
étions un peuple de vaincus et en tous cas,
c'est sous ce jour que nous apparaissons
au monde. Tel est le résultat de notre
politique d'effacement à laquelle il nous
faut substituer à tout prix une politique
d'action qui nous permettra de tenir notre
rang. »

Comme exemple des bons résultats d'une
politique plus active, M. Doumer citait

la rapidité avec laquelle les comptoirs et
les maison des commerce s'étaient développés à Shanghai et à Canton à la suite de
la visite faite à ces ports par l'amiral
Pottier.

« Chaque port, chaque ville et chaque
« village qui passe entre les mains des
« Français ou des Russes, écrivait Lord
« Curzon, est un débouché perdu pour
« Manchester, Bradford ou Bombay. »

Toutes les nations étrangères peuvent
compter actuellement sur l'appui de leur
gouvernement, et si nous nous aper-
cevons que nous avons à souffrir de
nos méthodes actuelles, il nous faudra tron-
ver un remède et l'appliquer sans retard.

Hong-kong heureusement voit pour le
moment des jours prospères, et cette
prospérité s'accroîtra encore quand la
rivière de l'Ouest sera réellement ouverte
à nos vapeurs. Mais là encore les chemins
de fer français peuvent arriver avant nous,
car les procédés commerciaux des Français
vis-à-vis des Chinois, pour être arbitraires,
n'en ont pas moins plus de succès que les
nôtres.

Nos succès ne doivent pas nous laisser ignorer la calme mais rapide activité d'autres rivaux sur nos propres marchés, car notre commerce n'est pas si formidable que nous puissions cesser un instant de le développer. De même que le Japon nous a porté un coup sérieux à Formose et dans la Chine centrale, de même la France et l'Allemagne sont en train de nous évincer des ports du Sud, dans les deux Kouangs la France opposera bientôt ses chemins de fer à nos bateaux, et ses vapeurs subventionnés feront dans notre propre port concurrence aux nôtres.

La décision prise par les Français de transformer Kouang-tchéou-Wan en station navale de première classe, d'établir des ouvrages de protection aux charbonnages de Hongay et de renforcer leur escadre asiatique attestent de leur part une politique vigoureuse. Cette politique est toute de défensive car l'Indo-Chine, en dehors de la protection de sa flotte, est absolument sans défense à l'heure actuelle.

Les charbonnages prennent une importance de plus en plus grande. et on se souvient que non seulement les croiseurs français mais les croiseurs russes em-

15.

ploient depuis quelque temps avec le plus
grand succès le charbon de Hongay comme combustible. Hongay avec ses charbonnages inépuisables sera transformé en
station navale de deuxième classe.

Le dernier rapport sur l'Indo-Chine
française (1902) accuse pour la garnison les
chiffres suivants :

Bataillons européens. 17
Bataillons indigènes. 17
Batteries. 18
Compagnie du génie des chemins de
fer. 1
Compagnies du génie. 2
Compagnie de pontonniers. . . . 1
Compagnie de télégraphistes. . . . 1
Escadron de cavalerie. 1
Escadron de remonte. 1

Je n'ai pas entrepris d'écrire l'histoire
du Tonkin et de la population qui l'habite.
Le lecteur qu'intéresse l'histoire passée
des différentes races indo-chinoises devra consulter les nombreux et importants
ouvrages publiés à ce sujet par l'Institut
philologique et archéologique de Hanoi.
Le général Mesny, dans son livre « le Tonkin » donne un excellent résumé de l'his-

toire de ce pays composé d'après des documents chinois et annamites.

On dit que dès l'année 1868 la France avait jeté les yeux sur le Tonkin, en 1872 le navire français « Bourayne » arriva à Hanoi où son capitaine eut une entrevue avec M. Dupuis. Par le traité de 1874 la France obtint une concession à Hanoi sous forme d'une bande de terre d'un quart de mille le long de la rivière; après l'avoir délaissée pendant quelque temps on y éleva des constructions et un consul y fut installé avec une garde de 100 hommes. Les choses allèrent ainsi jusqu'en 1882, époque à laquelle les Français s'emparèrent de Hongay. La campagne du Tonkin commença en 1885 et ne se termina qu'en 1887.

Le type de l'indigène tonkinois n'a rien de frappant et semble résulter du croisement des races chinoise et malaise.

Physiquement et moralement l'Annamite est manifestement inférieur à son voisin le Chinois, et dans tout le Tonkin, au point de vue du commerce comme à celui de l'agriculture, les Chinois sont prépondérants par leur richesse et leur influence.

Tout le commerce du riz au Tonkin est entre les mains des Chinois dont le nombre augmenterait encore considérablement si les Français encourageaient d'avantage leur immigration.

Physiquement les Tonkinois ressemblent beaucoup aux Philippins et ne sont pas aussi vigoureux que les Malais. Ils font, dit-on, d'excellents soldats, et commandés par les Français ont combattu avec succès leurs anciens alliés les pirates chinois.

Mais ils ne font pas l'impression d'être des hommes d'action ; ils sont manifestement paresseux et ne peuvent en aucune façon soutenir la comparaison avec les Chinois comme artisans ou négociants.

Les femmes marchent en se balançant, chiquent du bétel et portent d'immenses chapeaux en feuilles de palmier.

Si nous passons à la question de l'Administration municipale qui est d'une importance vitale pour l'avenir de Hong-Kong il n'y a pas de doute que les Français ne nous soient de beaucoup supérieurs sous ce rapport. Nous avons eu à lutter à Hong-Kong avec de grandes difficultés dûes à l'accroissement rapide et formidable de la population indigène qui ne voit dans les mesures

sanitaires qu'une gêne à laquelle il faut se
dérober, et aussi à cause du site montagneux de la ville. Les Français ont ren-
contré des difficultés tout aussi grandes ;
ils ont construit de magnifiques cités sur
des terrains marécageux, assaini et reconstruit une grande ville indigène.

Hong-Kong a soixante années d'existence alors que le Tonkin n'a été pris par le
Français qu'en 1887. Toutefois l'ère des réformes va peut-être s'ouvrir à Hong-Kong
car l'agitation de 1901 nous a tout au moins
valu la nomination de deux experts sanitaires très capables dont les rapports ont
pleinement justifié les pétitions du public
et dont les conseils, espérons-le, seront
bientôt écoutés.

Nous avons l'habitude de mettre en doute l'efficacité du système protectionniste au
Tonkin et de comparer à tort Haiphong
avec Hong-Kong. Ce point de départ est
faux, étant donnée la situation toute particulière de Hong-Kong qui est placé au
seuil même de deux provinces fort peuplées renfermant les villes les plus considérables et les plus riches de l'Empire
Hong-Kong est en réalité un port de relâ-
che.

Le Gouvernement français considère l'Indo-Chine comme un nourrisson qui a besoin d'une nourriture généreuse ; il estime que le protectionnisme est un tonique indispensable et établit facilement son budget par la création de monopoles et la rentrée des droits de Douane.

Le protectionnisme assure enfin aux marchandises françaises un marché à l'abri de la concurrence étrangère.

Mars 1903

IMPR. J.-E. CRÉBESSAC